独角兽文丛

05

找个背风向阳的
草坡睡个觉

张　苹 – 著

上海三联书店

目
录

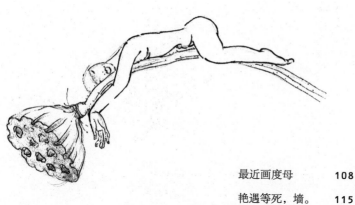

楔 子

念　身

水　红

念　心

发　疯

念　受

无事愁

　　摸到刀子穿刺谎言。谎言看上去华丽肥美，摸上去松软光
滑温暖，散发着奶和蜜的香。

　　来吧，有一首歌：我要带你到处去飞翔，走遍世界各地去
观赏，没有烦恼没有那悲伤，自由自在身心多开朗……

　　一定有一个地方。所有人都这么说。

歌颂

人在城市里，卑微呀。

梦是城市密集恐惧症患者试图治疗疾病最初的征兆。

一天的燥火在被无限循环的车流加温后，以气的形式进入身体，激荡着血的温度，烧心不已。人的焦躁在睡梦中持续，呈现一个个辗转反侧不安的梦境。

去哪儿呀。

一定有一个地方。

去山上呀，去天上。

那是一个好地方。

云朵白得就像刚刚摘下来的棉花，松松软软一朵一朵在天空上飘着，风撩拨云朵耍着各种各样的游戏，山神也会将一两片云扯来遮住神器，夏季牧场的花朵修饰着山神的裙角，草原上的牦牛安静地吃草撒了欢地跑，男人握着风干肉和糌粑打狗去钻姑娘的帐篷，雪山上的水就跟酒一样清冽。

耳朵里灌满风的声音，可以听到心的鼓声敲击着耳膜，像是茅草的刺割过身体，这个地方可以宽慰一个人的孤独。

走到常年有冰雪的干净地方，找个背风

向阳的草坡睡个觉，这样睡一千年，做一千年夏季草场的梦。

五彩的祥云将身体覆盖。祥云藏起延绵的平滑山顶，露出山腰温软柔和的绿草，白色的溪流，溪边开满无名小花，那些小花像蝴蝶一样在风的节奏下跳起锅庄，像姑娘一样扭摆着腰肢。羚羊前来喝水，用柔软的舌头不停轻轻骚扰溪水，溪水发痒，扭捏着身子往下跑。

梦境

一声叹息，开始。

唉……

空气微微颤抖，由远及近。

那只羊从街的拐角转出了身影，一只温顺的绵羊，帘子般的长睫毛，后面是黑夜一样的眸子，挂在脖子上一只铜铃随着脚步轻轻摇晃。

当，当——

铜铃声由远及近，把空气震得麻酥酥的。

极简的节奏，稳定地由远处传来，一声一声轻叩厚重的睡眠，敲击远方蓝宝石的天空。

静寂深邃的，具有安眠气质的黑色山峦，在最远的地方慢慢开启一丝亮光。

预告梦的来临。

"你为什么执念去背叛一个被称为家的地方？"被称为启示者的声音从虚空中传来。

"滚。你长得这么丑，脸和脖子布满皱纹，黑不溜秋，穿着脏衣服和皮靴子。你装模作样从一张原始主义风格肮脏混乱的画里走来，你就是传说在乞讨节上的黄金乞丐。你撒谎，骗了所有的人。晚上你回到你那黄金做的房子，躺在花香四溢的床上，床下堆满了金银，你在塑料青稞酒壶里倒满威士忌，一边喝着烈酒一边嘲笑着整个人类。你就是个骗子。我厌恶你。"一个灵魂怀疑装神弄鬼的声音，厌恶他的样子："太不漂亮了。"

"小东西火气不要那么大。你看上去那么年轻，却有一个老灵魂。你张牙舞爪护住一个老灵魂，却不敢睁眼看看它，其实你只要看我一眼。我不是长着角的魔鬼，也不是带着灰马的骑士，脸上没有贴着长纸条，不是黑白无常，不勾人性命。只不过是个普通的老人家，甚至算得上是面目有些慈善，有点像，你嚼过的口香糖，没了味道了。看上一眼也没有坏事。只要你睁开眼睛，就像是在水里睁开眼睛，就能够看见光亮，这光来自你的心火，当外界没有了光，你不能用昨天的光也不能用明天的光来照亮梦境，你才会发现自身有光，抵达未来的一部分。睁开眼睛这很容易，每个人最开始的时候都能够在水里睁着眼睛，没有什么不自在。只要你愿意相信并且愿意尝试一点点，没有危险。"这声音所显示的老人很有耐性，是不想放弃自己，那颗坚强的心。

梦中人的身体放松了，她（或者是他）变得柔和起来："那你确实像我嚼过的口香糖，脸上的皱纹缩成一团。你这老东西老得真可怜。还来吓唬我。小心我一脚就把你踢成残疾，看你还装模作样。那件袍子是你从哪个朝圣的路人身上扒下来的，又在酥油里滚了几圈，在甜茶馆的黑墙上来回蹭了几十圈，做成了一件无敌的藏味战袍，专门在八角街的太阳地里谋杀那些游客的菲林。你是不是老派行头，一年四季如此，叼着烟斗，以此为职业，有谁拍了你，你就冲那人要钱，可能专门就干这个事情的吧。你干这个事情的吧。"

"你这样想也没错，没准我真的能够这样换一壶酒喝。酒实在是个好东西，你喝酒吗？酒能够带你超越这个地方，人就可以飞一会儿。小姑娘你知道人的肉身太重了，你知不知道？你的灵魂长着翅膀，随时都能够飞到天上去，但是人太重了，是因为人心太重了，压了太多的东西。喝酒，心就会慢慢飘起来，人就飞了。还有一个方法，这个时候需要长长地叹气，长长地呼一口气，慢慢吐出来。现在是最寂静的时候，一会儿天地就要转场了。哎。你听那铃声多么安详，缓慢和庄重。"

有人说，自我在梦的状态下有两个形象。现在他们或者是她们或者它们和解了，不再一个说是，另一个说不。"我们聊聊天吧。"握手言和。

"你用手指挡住满是皱纹的嘴，又轻轻移开，划开很重的空气，郑重地转过食指，松开小指和无名指，你的手虽然老得不成样子了，没了肉，倒看出指头修长，骨节突出。举起手，像一段枯枝在空中轻捻一朵看不见的花。要相信一个老人的话。我在无数个夜晚用酒精和刀子在脸上刻下一条条的皱纹，这花了不少时间，我可以用手摸摸，这皱纹深刻得像是从土里长出来的一样。"

"去那儿呀。好心的老人家，对于前方我仿佛看到光和一些美好东西，这安慰了我，我不会在梦里不停找那座黑屋子的门或者窗户之类的东西，一直不停地走，累了也不能停下来，黑乎乎夜茫茫的雾让人真难受。今晚请你就留在我的身边，请你握着我手，如果我哭泣，请你安慰我，请你和我同行，陪着我，千万不要抛弃我。我已经感觉睡眠慢慢抓我的眼皮，以前这是多么让我恐惧的事情，今夜它的脚步是那么轻盈，那么漂亮，那是一个多么好的地方。"

　　脚步没有迈开之前，梦永远住在梦里头。这个真相，两个自我都知道。

白色的哈达

行
者

2006年的夏季，往圣城拉萨的火车通了。

圣城的阳光下，人要像花朵那样慢慢微笑。

人们踏过清晨的露水，去看一朵花是如何慢慢开放的。

那花朵羞羞答答娇娇弱弱藏起一层一层的心事。清晨的阳光托着花瓣，像掰橘子一样，说道："把你交给我，把你交给我。花朵下的根安然渡过2005年漫长的冬季和2006年风季，在春季大风中长出叶子。你要是错过了我，就错过夏季的风，花朵们要在阳光下受孕，要在秋天结出果实。"一朵一朵花在阳光的期盼中舒展花瓣，体香幽幽。

有人说，静下心来，所有的声音都停止吧。

圣城是个有信仰的城市，空气里飘荡着供养神佛的香气。花开了，人们呼吸微笑，绽放香气。香气或者浓郁或者清淡，为了愉悦那些泥塑木雕铜胚锻造模仿的神佛菩萨。

这个时候的尊贵的客人请随带个人相关

证件包括护照身份证边境证等；要带好各自的常用药品，不要忘记西洋参红景天多种维生素；请带好生活必需品可能还要有秋衣和睡袋；还有银行卡包括农行、建行、中行的，出乎意料农行的 ATM 机很多；怎么缺得了手机、照相机、摄像机、胶卷、墨镜、防晒霜、一次性雨衣、手电筒；要不要还得带个针线包？

把这一切随身携带，不要被小偷惦记。它们看上去要像身体的一部分，让贼无从下手。小偷如果要窃取一样东西的时候就会看见他的手伸出来变成了一把刀子，割了别人的肉，流了他的血。这样恐怖的画面将会在噩梦里跟随着他，让他睡不安宁，一天天变得焦虑。这是个讲因果和轮回的地方，所有发生的事情都有轮回的逻辑，跟随命运的线索，自然坦然接受前世的轮回，修得今生，希望在来世冠冕。上一秒就是这一秒的轮回因果。畏惧因的人，不会种恶的果，这个时候，谨慎人们头上会生出虚空花朵和月桂叶的桂冠，为他或者她加冕。

行者，是离开家的人，是走在路上的人。他说："我是游客，我不了解真相。""怎么是这样呢？不是的，是你太谦虚了。"人们纷纷对他行礼，尊敬地称呼他为行者。

行者一路走，梯子和绳索从天上垂下。他飞跑起来，找到它，然后轻盈地跟随往上。

高高的山是登天堂的梯子。

他带着粮食和书，从一个石头，另一个石头上踩过，路上会遇到放生羊，它抬起头，晃动脖子上的铃铛，跟他问好。再往上走，神护佑他的头顶、肩膀，它是他坚强的头盔和屋顶。再往上走，他就会走到创世的玛尼堆，那是一堆巨大白色石头的坛城，石头上刻满了密密麻麻的经文，石头上方飘动着绚烂之极的经幡；再往上走，他走到心里的中心须弥山，它的四周动物围绕：东部是白狮，南部是蓝龙，西部是虎，北部是野牦牛。

行者停下来歇歇脚，喝口雪山上的水。他从不孤单，尽管他看上去单身一人站在那里。他慢慢爬上一个一个的山顶，他就从山顶看世界了。

"孔子戴着藏王松赞干布式的帽子，着藏装，脸色祥和，"行者喃喃说道，"人勿我执，我慢。宽容理解。站在高处的意义，是因为负隅尘土的妄我设定需要在高处开启。真的是这样么？"餐风的行者踟趺坐下："无量劫。"

天上九种飞禽，地上九种走兽。草原上的山披着白铠甲，云层之上罡风里长满了刀子。

鬼众在天上与邪魔恶战，雷鸣电闪，云层被不停撕扯，草原上刮着怪风，风里夹着刀子一样冰冷的冰雹。牦牛们哀嚎着躲到背风的山谷，瑟瑟发抖挤在一起："天上在下刀子么。好可怕。我们是要死了么？"牦牛们互相紧紧依偎，母牦牛用舌头安慰着孩子，公牦牛们挡在牛群的前面，大风刮乱它们厚重的毛发，露出牦牛们绝望又坚硬的眼光，等待风雪能够停下来。

托
架

大风过后，战场并不显得狼藉。风停了，雹子融化了，武器盔甲碎片尖锐穿刺九层地下，进入土中。

这些碎片是非金非银非铜非铁的黑东西，有着金属的光泽和硬度，长大约在两厘米和八厘米之间，它们在土层中思念天空，每年在地下向上长一层，九年后露出地面。

牧民家孩子在放牧羊群的时候，能在草根旁边发现一段黝黑的金属从土里冒出头来。就像春夏间的虫草，这些奇物只能被眼睛干净的孩子们找到。牧人们拉长耳朵听风的声音，试图辨别出托架方位。风徐徐吹颂这托架是莲花生打落苯教的恶龙的武器，化为流星降落高原的碎片。风描摹出恶龙的鳞片在光中闪着更恶毒的光，它的爪子能轻易抓起草原上最壮的牦牛随意撕扯，让血像眼泪一样能够流出来。草甸子上的草缺少红色的花朵，为了草儿长得更加肥美，需要血和肉的供养。

这是一个让人无限畏惧的时代，人们裸着的身子总是得到莫名其妙的伤口，流血不止。为了能够活着，人们纷纷住进了牦牛帐篷，或者伪装成一只羊。他们从地上站立起来，把天铁用羊皮带子绑在腰间，尊敬的上师活佛忙着念动咒语经文，抵御着不知所措的恐慌。上师活佛的一天总是疲惫不堪，眼睛布满血丝，他的手在无数个黑色的头颅上摸过。他默念：嗡班扎尔萨埵吽。

昨夜刮了不可思议的狂风，风吼得像在草原上狂跑的狼，把狗的狼性都挑逗了起来，合着风一起长啸，马儿畏惧踢起草根，要挣脱缰绳，想要飞跑到更加安全的地方。小儿子被惊醒整夜哭泣不眠不歇。一大清早，善男子善女子离开居住的帐篷，来到寺庙，添满酥油的长明灯。一个狭长山洞开凿出来的经堂里供奉着一尊古代女子的彩塑，甲萨公主襦裙半臂，罗衫叶叶绣重重，连枝花样。一段尘土遮盖彩塑，她的面目更加温柔敦厚，她端居在莲花之上。那是一个奇妙的女子，已经入圣。她哭过的泪水比珍珠还要宝贵，她的慈悲心肠教化众生的悲苦，所有人忘记了她是谁，诗歌里歌颂的是她的无限美好。她住在象征之地。人们用头顶礼在她的裙边，述说那些巨大的恐惧把草原上的老鼠都赶走了。经堂的阿尼正在诵经：

> 唵、嘛、呢、叭、咪、吽
>
> 顶礼无边世界的救主前
>
> 西方极乐世界怙主光不变
>
> 你的悲心无偏袒
>
> 不净的轮回也照见
>
> 在那轮回的大苦海
>
> 专嗜杀业的恶鳖出现
>
> 可畏的五毒起狂澜
>
> 明镜之心被障成盲者
>
> 生死无极真可叹
>
> 请发慈悲示以善巧方便

有买卖古董旧货的商人来到草原，纠缠牧民用绳子挂在腰间的托架。他说这不过是用生铁或铜等金属铸造而成的小型饰件，没有什么大不了的，没有那些神乎其神的说法，那些只是谣言。他卖弄口才，摆弄着手里花花绿绿的玻璃珠子，说这才是值钱漂亮的玩意儿，他用眼睛的余光试图挑起牧女那眼睛里的光芒，想在那眼睛里点上一把火，添上一把柴。他偷偷咽下口水：用更加便宜的价钱搞到东西。要把高耸的山峰上珠宝摘走。"你看，"那个人把玻璃珠子对着太阳，"看看，这有多么神奇，能够摘下太阳的光芒。这个更值钱。"

八角街上卖古董旧货的商人正在卖弄他的货品：这托架是自然形成的。

"怎么可能是自然形成的东西？"对托架有兴趣的游客多少做了功课："判断西藏的金属冶炼技术形成年代，模糊的记载大约在吐蕃传说中第一位赞普——聂赤赞普时期，古代藏族社会就进入了铜器和铁器并用的时期。题材涉及牦牛、山羊绵羊羚羊、大鹏金翅鸟、金刚杵、龙龟、神龛佛塔等等。一个牧民身上长期佩戴的羊头护身符，大圆眼型让人产生一种超自然的感觉，整体相貌像山羊，又像是野绵羊，圆环上有个小孔，无疑说明它曾经是人身上的一个挂件。小小托架表面磨出的闪亮光泽说明它可能是好几代人的随身之物。在草原，用羚羊角在地上画出图案可以扩张你的牧场。羊群的富足和扩张是牧民的心愿，一只羊型的托架会给牧群带来好运。"

商人啧啧称赞："老哥真是明白人。"他掏出两支烟，分给游客一支，自己又把烟点上，深深吸到肺里。这托架造型古朴，非常高级，在一个方的平面中，规则地排列着十二圆形突起物，圆的周围布满直线，写意地描叙了这个高原的形态。游客心里已经推测这指的是西藏十二个有名的寺庙，是抽象的《西藏镇魔图》。

商人开价："老哥有兴趣，掏多少钱？"

游客大笑："你们讨价还价不是在袖管做的么？"

商人大惊："老哥，我实在不会这些。现在这样玩的人也少了。"

游客笑笑："我也不会。你还是卖给有缘人吧。"

商人看着游客走入人流，转而向其他人口吐莲花："托架具有神圣的力量，佩戴在身上能避雷镇邪，打雷不会被劈到，运气会变好。"

旅游攻略上写着一个古老的寺庙里供养一尊自生的佛像。神在这片土地留下了太多的神迹，你花上一百块人民币穿过一片大湖旁边石头间一个名叫善恶洞的地方，攻略上讲无论高、矮、胖、瘦，只要你行得正走得直便能从此洞中通过，否则你就应当反省一下自己的过错；萨木秧寺附近，在扎洋宗之巅，寺内有洞，高二千丈，梯而上，洞内石莲花佛座，座前石几盆，内有白土可食，味如糌粑，次日复出，其洞须燃火而入，座后有一大海，云作恶之人至此，必失足堕海中，番人畏惮而不敢忽焉；苦巴拉山道崎岖，空性智慧洞洞口有自显的经文，空行母从印度带入此洞二十一节神梯；班丹拉姆不让谈论拉姆拉措，她在自家云海的下面，神坛不能肆意妄论照见命运的映像；当地居民说加查的山上起了山火，一个山民砍了自家的核桃树，卓玛被一个江达男人纠缠上了，卓玛家的那条叫多吉的大狗扑倒了那个家伙，导游说卓玛是仙女，江达是荒蛮的林地，多吉是金刚……

　　这是多么神奇的一片土地。游客们都在惊叹。如何才能企及这种高度，游客压压胸膛，那颗怦怦跳动的心有点过快，以致有些头昏脑涨。

一场夜雨，来得恰到好处，接着的另一场雨，宣告长长的雨季来了，染绿了石头间的草。

雨水或者热烈或者安静地落在睡眠里、梦里，早晨的阳光已经将湿土和花朵上的雨水变成云彩，在蓝天上轻浮地追逐，撩拨人似的暧昧地游戏着山腰和山顶。

拉萨，这是个山谷间河流的冲积河谷，南北走向的山脉阻挡了北风，逐渐从黄变绿，生养起高原上一丝妩媚和温和。多么卑微的小草都会向天空顶起它的花朵，努力绽放，修饰着山神的裙角。

丹巴（圣教）格拉的藏族老阿妈推开院门，鸡哄哄地跑了出去，去找被雨水打得蔫头巴脑的虫子。母牛被牵到溪水的一丛草边，心满意足嚼起了嫩草，掐尖吮起草上的露水，脖子上的铜铃晃得一阵阵心满意足的声音，奶水在它身体里慢慢涨起来，那饱满的痒痒从毛孔里跑了出去，母牛甩起尾巴，轻轻给自己挠着痒痒。

流浪狗多吉，撵了一会儿鸡，它的尾巴在草丛里扫来扫去，把水甩来甩去，黑毛

下雨了

上粘了湿漉漉的油菜花瓣，在花香草香泥土冒出的腥味里它突然激动了起来，它停了下来，细细品味起那股气味，那是阿妈家母狗的味道，一股温热的热情冲到了多吉的黑脑门，多吉抬起后腿，一股热尿溅在草根上，在土上砸了一个小坑。它终于看到了那只矜持的母狗，多吉一直赞美着那只母狗的多情，那温柔的亮眼睛仿佛正在看着它。多吉不由自主地小跑接近母狗，母狗一个旋跳，向远处的树林地跑去，多吉紧紧跟在后头。

两条狗一前一后穿过小树林。草丛里，生长起了各色的蘑菇。草丛里长起鸡腿菇小皮伞和草菇，柳树林子里长着裸口蘑。多吉踩碎了几处蘑菇，听到了香气散开的声音，它顾不上这些，又向远处的草甸子跑去。草甸子里，黄蘑菇一星半点地冒出来，早起放牛小孩都把大个的黄蘑菇拣尽了，现在城里流行吃这个，价格高得很。多吉看见母狗站在不远处的一个缓坡，它抖抖沾到身上的水珠，精力充沛地跑起来。

丹巴的阿妈拉今天要给山上闭关的干儿子送糌粑和茶叶，收拾完家里，就背了一小口袋糌粑、茶叶，又加了一包奶渣，关上院门，慢慢往山上的寺庙走。丹巴这个干儿子是在阿妈拉开的老城酒馆里捡的，那是一个正直和孝顺的中年人，很像一个藏族母亲的儿子。

阿妈拉劝丹巴少喝酒，丹巴答应了。每次来阿妈拉的酒馆就只喝一瓶啤酒。阿妈拉很高兴给他做些炸土豆片。一次，阿妈在丹巴面前抱怨风湿让她头疼，丹巴第二天就送来了膏药。今年的游客像从土里一下子冒出来似的，莫名地会有几个人在下午或者晚上找到这巷子深处的小酒馆，丹巴之前给酒馆做了简单的装修，粉了白墙，挂了他好友格列（吉祥）的一些摄影作品。阿妈拉啧啧说：这些照片把魂摄到里面去了。丹巴把这话告诉格列，格列抱着阿妈拉粗腰身，激动得直晃悠。阿妈拉羞得红了脸说这俩人这么大的人了原来是小孩子。格列说阿妈拉你给这儿子找个藏族媳妇，这么大个人，还单身晃着总不是个事儿。阿妈拉说："我这儿子是个好人。是要修来世的。"

阿妈拉慢慢往山上去，有几天没有见丹巴了。她给他带些糌粑和茶去。阿妈拉的背影拐进一片柳林，再远的地方，一块巨石挡住路，再远的地方就是山了。

鲜姑娘

莫莫，一个人睡在黑屋子里会怕。莫莫长得像个瓷娃娃，圆脸，一双总是显得好奇的圆而大的眼睛，有点呆板，像两颗黑棕色石榴石缺乏眼泪的滋养。她扬起细细的眉毛，好像在问为什么。当莫莫周围的人都想当然地为她安排、规划人生，莫莫气急败坏却无能为力。

莫莫着急和家人赶路，精疲力尽，满腹怨言。她想一个人"锦衣夜行"，遍尝所有的秘密。

莫莫的房间，窗户下面是一条闹市，莫

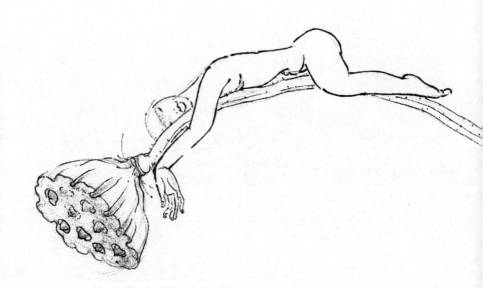

莫像是住在一条喧嚣人欲河流的荒岛之上，倍感孤独。快递刚送来一个包裹，是莫莫在网上买的咖啡。

莫莫在休假，两个月的暑期没有课程表，没有吵吵闹闹的学生，无聊是它的明显特点，没有事件发生。在这么大的空白里，光线在空气的尘埃里慢慢地搅弄着虚线，虚线里串着时间碎片连起来的微不足道的小事情。人坐在虚白的光线里，容易怀疑一切，那保证了一个人的正常生活的规则约束着人生计划。吃喝拉撒睡觉和某个注定的人做爱生孩子，争吵斗狠买房换车偷情，轰隆隆碾碎青春，疲沓沓接着前行。莫莫打开手提，今天的开机速度是四十三秒，您超越百分之四十三的用户，接着自动联网，弹出世界的八卦。中国和黑山共和国正式建交刘翔打破一百米栏的世界纪录快男进入四进三总决赛张杰止步四强四年后明星张杰谢娜在香格里拉完婚……

妈妈正式进入更年期，开始评价指控丈夫和安排她唯一的宝贝女儿。她是女皇是武则天，今天头疼明天腰疼丈夫不出息马上要退休，二十五岁了还没有长性该买房了找个男朋友不知道要什么的听话，隔壁阿姨介绍的小伙子不错地区上的重点中学的老实人也斯文有车有房，这世界男人不可靠你要到了我的这个岁数就会知道什么样的男人靠谱，不听妈的话吃亏就是不远的事情，我这一辈子辛辛苦苦图什么我这么拉扯你，你爸爸一点儿事情都不管我命苦不愿意让你吃我这样的苦我这一辈子是毁了都是为了你好……更年期的妈妈的叨叨神功见长，她这一辈子已经被踩在泥塘里不得翻身只希望女儿别犯那些错误走些吃亏的老路，这一辈子算完了这一切都是为了你有更好的日子和未来怎么就不得好，你爸骗了我一辈子我就指望在你的身上……

莫莫左耳朵进右耳朵出，自言自语更年期女人真可怕房子这么小去哪可以避开这些就可以清净了。仙德瑞拉被老巫婆拿来玩耍，仙德瑞拉被黑色涂抹，被蒙尘诟病。仙德瑞拉，这美人最后变成美人是因为被魔法拯救，魔棒轻点，仙尘洒落，耀眼炫美的舞裙，十二点的钟声，每个美人都在台阶上留下了一只水晶鞋留给她的白马王子。美好的日子需要慢慢苏醒。

有男子在奢侈品的秀场裸奔，在 T 台上伸出双手，肌肉健硕，身材匀称。莫莫拆开快递的纸盒包装，大卫杜夫柔和速溶咖啡，圆润饱满的醇香生长在海拔三千到六千米的火山岩地区，散发着与众不同的香味。莫莫左手的咖啡勺在空中划了一个四十五度角，她将头贴近咖啡杯，深深地吸了口气，糖和奶的香味四溢。给她一点儿勇气，她就可以抛下一切走上一条荒荒的道路，追求自己的生死辉煌爱恨离愁。神佛菩萨呀，所有的福利都在虚空的地方，跟现在半毛钱关系都没有。

一定有一个地方，眼睛里看到的都是一幅幅美丽的图画，路上走的每一个人看上去都是那样平和，那里人说的话完全听不懂，空气中传来动听悠扬的歌声……

开一朵花，结一次因果，邂逅一次宿命。

拉索索，挂好风马旗，一叠叠隆达刷拉拉顺着风卷向天空。天上的赞神地上的年神，风无所不在，森林、高山、大地、天空、河水、大海，金翅鸟老虎龙狮子，生命繁荣。

QQ 在自动登录，莫莫挂在了线上。电脑上传来敲门的声音，次吉的头像亮了。

"走。亲爱的美人，我们一起离开家乡，去远方流浪。脑子里一根神经在打鼓，走啊，走啊。我们约好，要抛弃我的姓我的名，我曾经住过的城市，我的过去，生活到一个新的地方，一切从新开始。"次吉说从一个论坛里摘了这么几句话，要送给莫莫。

"好无聊。"莫莫输入三个字。

次吉的头像

　　导游次吉在百忙中也不会忘记更新QQ。虽然他也用博客，可是总觉得不太顺手，喜欢把东西都放在 QQ 上，他在一个有关行走的群里有着举足轻重的作用。

　　他更新了签名：最重要修行是在简单中寻求快乐。

　　次吉的头像就是一年四季的草原，各色的大湖，山隘的玛尼堆风马旗，各个神山的冰雪冠冕，隔几天换上一张，和签名一样。他的相册略微乏味，很多是他站在不同的著名景点的到此一游照，证明他的脚步深刻地亲吻了这片高原，构建这几年的个人历史。他一直保持耐心，跟人们反复推送攻略、入藏须知。为什么明明在百度上随便都可以查到的这些东西，却要显得是一个特别的秘密一样，由着次吉一遍遍地说来说去。这些话反复地说，成就了次吉助人的良善品格和他的吃饭家什，安身立命就靠丰富经验为他加持。

　　次吉刚刚把一组在日喀则路上用手机拍的片子传到网上。是一条路，路边的石英砂岩犬牙交错，岩体间土层和盐被雨水冲到河里，岩体像怪物一样张牙舞爪遮挡着天空，天空顽强地露出一角。视野渐次开阔，浑浊安静的黄色河床，山上长的草已经返青，一片平缓的山坡和河流对岸的一个村庄，一片林子长在滩涂上，一排雨中的村落。天空盘旋的鹰在找一只草原鼠，因为它太热爱她了，要吃了她……

因为相机不够高端，照片浪费了很多细节，那草丛下有一颗石头，怎么变成了一个小噪点了呢，要把照片加点绿色，天空加点蓝色，让村庄的白墙更白……屏幕上播放着亦真亦幻的风景、被删减被渲染被修饰的天空云彩阳光、村庄青稞河流……

这年夏天往日喀则的路上的车都在跑，路都癫狂到了天上。所有的导游黑导都忙疯了。布达拉宫一票难求，所有的旅店需要提前预定。拉萨迎来了前所未有的人流和高潮。坐着火车去拉萨，看看那神奇的布达拉，山有多高水有多长通往天堂的路太远，那美丽的格桑花盛开在雪山下跳起那雪山朗玛醉倒在神话天堂。

7月13日，一辆旅游金龙在由拉萨前往日喀则途中，掉进了雅鲁藏布江沟。这个重大的事故和这一年的雨季在路上频发的车祸导致了随后的限速。司机们开一阵就会在开阔地停下来，抽烟和闲聊，让游客们在相机的储存卡里拍更多的照片。人们被放到旅馆的房间里，塞到旅游的车厢里，拉到一个个的景点，除了八角街摩肩擦踵的人流，拉萨还是晚上下雨、白天出太阳，把相机抬高对着天上的云，还是那么几朵。

次吉在发消息：我的朋友，来拉萨散散心吧。拉萨的天还是那么蓝，蓝宝石一样。我愿意你高兴。我是你一辈子的朋友。你来吧。这里是你想认识的拉萨。

莫莫说她在网上订不到火车票，火车票太紧张了。次吉说，这点事情不需要你做，你就带着心来我这里就好。我来接你。

次吉的头像发着光，像遥远的一颗星星在线。莫莫胡乱地收拾着衣物。电脑变成了黑屏，进入休眠状态。莫莫的房门半掩，妈妈的声音从门口传进来："你也该踏踏实实找个人家不要挑三拣四这里跑那里跑浪费钱把心跑野了，趁着年轻生孩子我还能帮你打理着不用你操心受累我什么都替你盘算好了你怎么就这么不听话？妈妈会害了你怎么就这么不听话呢……"

一只蚊子不合时宜地从开着的窗户里飞了进来，嗡嗡响着，楼下市场一个铺面的喇叭失真尖叫着月亮之上昨天遗忘风干了理想……

"关窗呀，有蚊子进来。这个女孩子，怎么就记不住我说的呢？我反复地说，怎么就这么不听话呢。"

房门砰地被莫莫关上了，莫莫的眼泪流了下来。

"莫莫赶快来吧。"

次吉有一次拍到了一条漂亮的狗站在山坡的迎风处，风撩动它那缎子一样的黑色毛皮，它面带笑容，脸上的表情和鲜花一样。

"一个夏季的花园，花园里跑着的狗和一个鲜花一样的少女。"次吉和莫莫说，"这里好极了，就是你想要的，就是你梦里的样子。你看那条漂亮的狗。"

"只要离开就能看见。"莫莫对自己说。莫莫对妈妈说："我要出去玩一趟。我已经订好火车票了，太热了，天气太热了。"莫莫觉得她自己跟妈妈交代过了，事实上她只是在桌子上留了一张字条，她妈妈的头两个电话是不能接的。她跟闺蜜说这个计划的时候，两个女孩子在床上嘻嘻笑成一团。

"我也好想去。"她朋友羡慕得不得了。

莫莫说："没准，我妈会找你。你怎么说？"

"我就说不知道。你妈会急死的。"

"没事。这就像，这事情说出来就是离家出走。太好了。"

"你要我去送你么？"

"不要，要弄得像真的一样，是一次离家出走。"

离家出走啊。

最好发生在清晨，城市都在睡着的时候。

莫莫上了火车，拉萨就是火车旅行的目的地。广阔的天空，跑来跑去的云彩，彩虹垂挂在拉萨河上；神梯可通天堂，水可流向大海……神的光芒恩典着他的花园。拉萨就是夏季天堂。

火车缓慢地行进在广大草原，天空飞翔的鹰看见地上一条虫子飞跑起来。这意象惊吓住了它，它长啸一声，伸展翅膀飞上更高的天空，穿破云层，划过一道黑金般闪亮的弧线，掠过高山雪线。消失在蓝天里。

"看哪，那是不是藏羚羊？那不是草原上精灵么？"有人压低了嗓子在尖叫，随后身边一阵按动快门的声音。这车厢供给了足够的氧气，隔绝了风，人们看见草原山那遥远的地平线，无边无际的大地山峦和天空。

哦，西藏。

莫莫来拉萨了。

次吉去火车站接的她。莫莫出现在亮光里，她也是亮光，把次吉的眼睛烧得闪闪发光。莫莫看见一个黑瘦的小个子，因为头略有些眩晕，太阳太烈的原因，莫莫有些疲惫。

莫莫谢绝了次吉的好意邀请，没有如约住到次吉的院子里，她在八角街找了一家著名的背包客旅馆住了下来，这旅馆散发着集体生活的光芒。一个大大的院落，一棵老槐树的粗大树冠，顶着一片阴凉。三层楼层的走廊都围着院子，所有房间的门都对着院子敞开着，长长的走廊放了木头椅子，走廊的尽头是公用厕所和洗漱间，这个地方住得简陋，却很受背包客喜欢。各路神人汇聚，有着无限可能，因为旅馆向内又制造了一个大的公共空间，为了这迷人的院子和旋转的围廊，其他的不方便就忍了。

莫莫笑嘻嘻对次吉说："我一点儿反应都没有。"

次吉说："刚上来先别动得太厉害，先好好躺躺，走路不要着急。你先洗洗，我还有点事往公司去一趟。晚上我给你电话，去酒吧给你接风。"

白色的哈达

丹巴在山上住了一个星期，肉身轻盈。他沿着山道往下走，在看得见城镇的地方喘口气。

山体岩石缝里有泉水渗出，一股小小的水潺潺划了一道曲线流到苔藓上，浇在一朵蓝色小花旁边，那花朵湿乎乎娇嫩嫩地颤抖着。丹巴凑到水流那喝了几口水，回头看山下的城市。山上确实是干净简单，没有那么庞杂的气味，越往山下走，越接近城市，那风就变得咸腥微燥，热哄哄有泛酸的腻味。人扎堆的地方都有这股味。

日复一日的午后蓝天，日复一日的白云。

Rain 推开窗子，白石墙黑窗楣的窗户里出现一个纤瘦的黑头发姑娘。她的手指沾染了颜料，她刚刚从一幅复杂的唐卡旁起身，伸了伸发酸的脊背，用手背揉了揉眼睛，点了一根烟，白色的烟雾和对面房顶上的桑烟一样袅袅升到天上，变成一朵云彩。

天的颜色，云的颜色，土的颜色，江河的颜色，护法神的颜色，蓝白黄绿红是这片土地的基本色彩。人的衣服首饰，门楣，墙的四壁，房顶的风马旗，过年供奉在佛前的切玛酥油花复制着这些色彩，增加其象征性，希望祈求畏惧。最丰盛的人格、最纯洁鲜艳的女子、最丰盛的权势、最大的精神力量控制，属于居于人心的神佛仁波切护法菩萨。

有一种审美，人会主动忽视各种色彩之间的灰度，没有过渡般地将这些纯色彩几乎是平等地密集地置于画面，它们呈现出一种强烈的，无法喘息的丰盛视觉。Rain 小时候所学的各种高级灰在满眼晃荡的高原色彩族谱里几无立足之地。

她准备几支笔，一字排开，红黄蓝绿黑金，各蘸其色，各归其所，在做好的棉布底子上用铅笔线条先分割确定中轴，画好九宫格，再勾勒草图。做好草图后平心静气填上红色、蓝色、绿色、黄色。时间长了，搞不清究竟是在做新印象派原色混合还是进了镶嵌画的导航，"服从于一些肯定规律的色彩，是可以像音乐一样传授的"，这是最初的法门，这是关乎时间的修行。在尼泊尔的唐卡店里，有一些年纪很小的学徒，他们的入门的练习就是用勾线笔蘸着颜色一点儿一点儿地模拟一片蓝天，从淡到浓。多年前开始学画的时候，Rain 有一个学友，用修拉的点彩画了一张小风景，坐在画室的凳子上整整磨了一个月的时间，画好了给大家看，大家感叹这玩意儿太磨人了，之后这位学友很受小伙伴们的尊敬，他们实在有点被漫长的画画周期吓坏了。老师教育她，天赋倒还是次要的，关键的还是持久力。没成想在西藏见了沙画坛城唐卡制作过程的介绍，勾起往事来感叹了许久，真是手工艺人。

　　Rain 敬重手工艺人打磨细节的耐性和在这个过程中留下的个人痕迹。细细摸索一段粗布头，感受线的经纬阡陌和节头的突起，就能够用想象看到一棵植物的麻是如何古典地从土里生长；被砍了来，那长长的纤维被手撕扯浸泡梳理变成线，上了织布机变成布。布上保留了节头，所以就算是一块布，仍然可以看到一棵植物的样子。衣服是麻筋脉，碗是木头石头和土，纸张是狼毒草的根，生活里面的事情都能找到根源，散发着他们作为个体的独特美感和尊重。人对物质的改造和利用，保留了时间这一伟大力量，这是人对万物的敬畏之心。

　　Rain 想用藏纸和哈达做一个作品，她想把藏纸重新浸泡还原成纸浆，另外把一根哈达的经纬全部拆出来，与纸浆混合在一起，再重新压制成一张新的纸。在 Rain 心里，哈达是能够连接个人成长记忆的很私人的物品，而且也能连接西藏的地域象征。这无疑是用两种材料表达个人历史的作品，这让她很激动。

　　Rain 小时候上学的时候养过蚕。蚕叶上的小黑点慢慢孵化，变成孱弱的小虫子，那些个小虫子日日夜夜窸窸窣窣啃了一个月的鲜桑叶，变成白胖的大虫子。大虫子吃饱了叶子，爬到稻草扎成的茧山上，开始吐丝，头绕着"8"字来来回回，一刻也不停下来。这像是很多的创作，大部分的工作是这样的一个简单的流程，一点点，来来回回的简单运动。你熬不住了，去睡了，第二天早上一起来，就看到了一个在早晨的光线里闪着银光的茧子，一个有着精密的逻辑，充满了形式感细节的作品。

　　从蚕茧里抽出丝，织成匹缎，它至柔，光泽闪亮，整个过程如生死涅槃，跨越时间，庄严美丽，洁白柔软无垢，菩萨的衣裳，飘在蓝天上，倒影在大湖，粉刷到墙壁上，供奉在结印的菩萨的手臂上，伏藏在大地上。

有一次 Rain 和 Shine 去寺庙，看见在莲花生大师塑像的四壁全放着贝叶的经文，一层一层，高至殿顶。经文的下面有一条比人身高略矮的通道，顺时针低头在通道里穿行一周，看守大殿的喇嘛从莲花生大师塑像上如山的哈达里拿下两根分别挂在她们的脖子上。Rain 屏着气在佛前低头合十，一片轻云绕过脖颈，从肩上垂到胸前，Rain 看到 Shine 也收敛起来，低头合十。佛堂里的香气宁静庄严，Rain 觉得眼睛有些温热潮气泛上来。

Rain 一直留着这条白色哈达。

Rain 有一头马鬃一样强壮茂盛的黑头发，是天生模仿了火焰纹的茂盛和不可控制。她说这样的性格，需要一条温暖的、光洁的、驯服的、善良的象征物与命格相连，才有可能不让冲动把她变成男人，一定要非常有礼节地伪装自己，这包括另外造一层皮肤，新的毛孔，两条眉毛，另外一双眼睛，另一张嘴，另一张脸，这是审美和情绪的真实。

夜来，更深的夜来。未完成的唐卡沉入一片寂静之中，只有布上勾画的金线闪着暗光，比任何时候都要显得庄重。

Rain 决定和黑暗在一起，直视这寂静的夜晚，哪天她要去买一条上好丝质哈达。她曾经见着一个日本人把一条哈达当围巾。那个日本青年目无旁人，安静得一点儿声音都没有，就是那样。

关公格萨尔

丹巴，今天上午走出家门的时候，换上了一身卡其色的夏装，这袍子其实是上下两截的袍子。是九零年代流行的改良藏装，火过一阵子，慢慢穿的人少了。丹巴固执地坚守着传统生活，虽然袍子略微改良，显得有些可笑，他还是要把符号穿在身上。"这有特别意思，觉得这样，我和过去有联系呢，"他常和格列说。也难怪他和格列成为那么好的朋友，他说卓玛有着温柔忍让的传统美德，这才是女人，是这个佛国的桑烟养育和改变了一个女人，让她融入这伟大的传统。他打电话给格列，两个人约出来喝酒、转经、消食和休闲聊天。

拉萨是一个小的曼陀罗的信仰空间，围绕着大昭寺。大昭寺是核心圆；丹巴和格列转大昭寺外的转经道，这是第二个圆，最常走的线路；丹巴住在林廓路，从家里出来，围着林廓转一圈，是第三个同心圆。

他还经常从格萨尔王庙往西去消遣夜生活。从林廓西路斜插到北京中路上，路口就是格萨尔庙。格萨尔王庙以西就是北京西路，灯红酒绿处的德吉路和天海夜市；

往东的大昭寺和布达拉宫，桑烟焚起。

　　格萨尔王庙是一点痣，破了相也点出来诗意的疼痛，花香处点燃灶火。格萨尔王庙供的是关公，是武财神菩萨，是当年福安康修的庙子，这庙的门脸年久失修，落魄了很多年，偏殿木头房梁垮塌破旧。很多年前，那里的一棵棵合抱的树上钉了块牌子：那山上格萨尔王庙有。有石碑立于门侧：西藏自治区文化保护单位拉萨关帝拉康，庙门经常落了锁。

　　在红绿灯交汇处有一块突出的岩石被转经的人摩挲得黑亮亮的，没有了棱角。

　　这里破落怀旧，唯有湖北当阳关陵取土，河南洛阳关陵取土，山西运城关帝庙取香灰供关公老爷金身，还显得有些堂皇。酥油灯、净水碗、青稞酒，以及在庭院中的煨桑炉红砖绿瓦月亮门，庭院里五月的粉红桃花，红漆大门高墙里面，一派高原藏汉风格。被高墙围着，这是一个不到二十米的小山头，衰草枝丫间露出一个平缓山顶，白墙围起来的绿瓦黄色小房子，离尘火气好像很远，其实很近。北京西路开始有饭馆酒肆，到了和德吉路的交汇地和更往西的地方，是拉萨餐饮酒肆夜生活钱柜酒吧的地盘，财神护佑酒色财气。

　　这界限越来越不清晰了。东边的财神庙香火旺盛，西边的财神香火旺盛。拉萨打了鸡血一样延生城市的界限。

　　格列问丹巴书店的事情。丹巴说上山之前就把店盘出去了。丹巴苦笑只是挣了个转让费而已。格列说，今年上来的人这么多，形式看上去大好，干吗这个时候转手。丹巴说，也许这个时候转手反而是好的。因为所有人都看到了希望也就没有做下去的意思了，所有人认为看到了钱，钱可能就难挣了。再者说也许苦日子就要来了也不一定。有些火烧得太旺了，实在是让人害怕。

这有些像谶语。

十二点的太阳往西跑，所有游客在老巷子迷踪一样跟着太阳：到晚上到晚上。晚上让人快活，有很多食物，有酒，有姑娘，有夜晚的太阳照耀到天亮才熄灭的火。

老城八角街一带居民结构还是以本地人为主，寺庙菜市场小学店铺甜茶馆供应藏族居民的需求，像一块磁石，由中心区辐射到周边的小区。

老城区一直是生活必需品的集中地，所以一直是活着的。每到旅游季节，格列供职的机关单位的一项必须的接待任务就是陪逛八角街，给朋友介绍具有典型意义的民俗宗教生活场景，传统日常生活展示，采买纪念品。这项任务其实并不枯燥，买一腿新鲜的牛羊肉，有几年还专门为老婆买新到的印度植物染发剂，给孩子捎几块尼泊尔的饼干印度泡面。

下午五点半，格列在八角街找招待鬼佬和朋友的藏式酒吧兼餐吧。

一般都在二楼，就是店铺和店铺中间只有一架楼梯，往上二楼是营业区。周围柜子上桌子上摆的是蒸包子的铜蒸笼、打酥油的木桶、斟酒的铜器和挤奶的铜壶，经多觉肯边、日喀则和康区德格的古老冶炼匠人反复锤锻打磨，牛粪火烘烤，用女人的青春反复打磨留下让人赞叹的光泽。灯

是黄昏色调，整个屋子泛着古旧的气氛，不旧就做旧，做旧也是值得的。这像是一张牛皮纸上的炭笔画，人物都沉到阴影里面。一切都在颤抖的光色中竭力修炼。那张唐卡上的莲花生戴着黄帽子，格鲁，善规，结说法印，那些酥油木桶挤奶的铜壶，因修炼而萤然发光，形体模糊，身受无名的痛苦。

　　格列从莫莫身边走过。他看见一个独身的年轻女人占据了一张靠窗的位置，初看的印象，是刚上来的游客，皮肤略显得苍白。他并没有停下来，转身进入另外隔了一堵墙的房间。晚上吃饭的人多，地方够了，要了三磅甜茶，坐下来等人。格列已经跟老婆说好，今天单位有事，晚饭不回家吃了，要她带着孩子吃，晚上回得晚，到时候留个门。

衰老的过程冷酷无情，步步紧逼，一点点侵蚀，她不想二十多岁都没有年轻过就老了。

莫莫心里想："我是莲花。"

莫莫为内心的衰老找了一个古老的象征。她要像一朵花一样存在转经路上。次吉走了以后，她连脸都没洗就上街了。走了一段路，略有些喘不上气来，就顺着楼梯走到了这里。

她的心里揣着莲花。老枯木上供养着莲花，莲花长在江南雾蒙蒙的柔波里，用软塑料做的叶子做作复制着一片比真实更假的绿，一片片接着覆盖枯塘，遮住阴影里那些做爱的鱼，它们在放肆地交尾，搅得水腥膻无比，蚌壳里养着珍珠，淤泥里长出莲花。她的心就是那样娇气的嫩央央鹅黄粉白，在心尖上有一抹粉红，勇气十足慢慢打开心事。

她坐在八角街一处楼上，蜷起身体，靠在窗格子的木头上，那木头格子横着竖着七扭八拐，"吱嘎窝"里藏污纳垢，把街道人群划得支离破碎。她的眼睛越过屋顶的风马旗看着天，那风马旗一动不动，没有一点儿风的迹象。没有风。如果心事要染成指甲，该是大红还是粉红？哪个牌子的，轻轻刷在指甲上，就是闪着光的一小片粉红色吗？涂几层？要再粘些粉亮晶晶的水钻吗？莫莫喝了口甜茶，茶上结了层薄薄的奶皮，杯子送到嘴边，奶皮就起了皱纹，在杯口缩成一团。甜茶不够香，有些甜，有些涩口的苦。要趁热喝，不然就老了。

格列的朋友们陆续到了，喝酒碰杯，说话的声音越来越大。莫莫觉得吵，结完账，独自下楼。走入丹杰林路的人流店铺之中。

银
镯

丹杰林路上很热闹，银器卖得好。

藏银是白铜，白铜放久了容易发乌，新制的藏银饰品并不是特别受待见。所以银器都会刻了一个"925"的数字在背后，表示出身周正。买银器小饰品，都要那些特别简单的式样，有一点儿小小的意外就够了，最好有些拙朴的味道在里头。这是个人的审美，市场的需求是为了满足更多的人，大多数人还是喜欢机巧繁复的图案，谁也不会相信那东西是纯手工制品，规整划一的线条，简单说不上简单，复杂说不上复杂，热热闹闹的装饰，处处花团锦簇，娇小女儿态。所以那些叮叮当当的小物件在日光和射灯的照射下闪着细细碎碎的光，勾搭着女人的脚步慢下来，反正也不贵，送人合适，就是不知道会送给谁？乡下妈妈给卓玛看一串珍藏的珍珠，是货真价实的塑料制品。阿妈拉郑重其事，那一刻卓玛真的不忍心说任何话，真的假的又有什么意思呢？可怜老妈妈那双皱成树皮一样的手和眼里孩子般的光芒，欺骗这样的老人，是成人最猥琐的罪恶。卓玛这样想，可是这个时候卓玛如果说真话，也是一种罪过。

据说网上有一种银镯体在流行。

这个小范围的老城区流行银镯体的爱情男女主角跟卓玛一点儿关系都没有。

四十五度仰望天空，笑着流泪，明媚而忧伤。

她是。那样一个。左手银镯。右手红线的。凛冽女子。

最好去勾搭这样的文艺青年，她们天生就是为了寻找伤害，在无人处流血泪，肆意妖娆，带着翅膀，在阴暗角落舔着伤口。

飘荡在这个城市的文艺青年们太无聊了，需要一个个事件将自己推向悲剧和衰老，达成沉静的内心。

喜欢。清简的。从人群中。走过。

女人们去丹杰林路淘一种为人的个性态度，挂在耳朵上，圈在脖子手腕脚踝处，穿在身上。阳光多好呀，暖哄哄地晒活身上花朵的藤蔓枝叶，可以是雪纺的长裙水墨的花朵；蓝色手工染色的麻质尼泊尔清简上衣，画蛇添足在袖口车一朵花的纹样，洗一水掉一次颜色，洗一水掉一次颜色；留恋白色的麻衣麻裤，要是让父母知道，非气死不行，不过 Rain 真的在那个时候忘了披麻戴孝的习俗；真沮丧，一条手工粗麻的条纹哈伦裤，会被父母臭批难看得要死，就那么恶心老人家一点点，怎样哈哈。

悲伤的绝望的银镯体，被人诟病空洞矫情，恶搞浅薄。"浊世遮了你的羞，淡了你的颜"，没了混的地，老人走了，新人会补上。当尼泊尔手纺的粗淡的到处是花朵的服饰流行时，温州的规模生产也开始大量充斥拉萨旅游市场，进货价格便宜，卖得风风火火的，一锤子买卖，不骗你骗谁？

"氧气稀薄的空气也是一把刀子。你不相信它就好。"Rain恶毒地讽刺这个调调。

"女人，是山野小菜，把自己往红烧肉的味道上整，认命，何苦作死自己？"罗布有一次张扬表态："我是杀死庸俗的骑士。给这世界带来针刺的疼痛。"

格列下午去找 Rain，给她看一组从牧区拍来的照片。他瘦长的马脸晒得跟木炭一样，长得像一个正经严肃的日喀则藏族。当他沉默不开口说话的时候，上天给了他一只破锣嗓子，当他开口说话的时候，就会从他嘴里跳出来一只蛤蟆。

他的眼神闪闪发光，忙不迭拿出一叠子黑白照片，摆在 Rain 的小茶桌子上。这家伙玩的还是装底片的老机子。其实他有两个机子，一个是数码工作机，配置也不低，他很不待见它。"数码是亵渎，"他抽出一支点8的中南海，他走路大约急了些，气急败坏地摸索出火柴点上，泛黄的牙齿间喷出白烟圈，在空中划了个还算规整的圆圈，"真正的审美，需要一定的艰难过程为它增加魅力，不可控制的冲动偶然间的错误为其确保价值，让照片的形成过程有着形而上的悲剧意识，这是真正的古典意义所在。你们搞什么当代艺术。那是对技术的无知和畏惧，是对西藏的山水风景人物的亵渎，是粗浅的意淫。都是垃圾"。

"喝点茶，顺顺。" Rain 打趣他。桌上一壶三磅甜茶，Rain 拿了一只青花瓷杯，倒了一杯，绕过桌上的照片，把杯子推给格列。

一组照片里，有一张牧女打酥油的照片，桶高及到胸部，坐入土坑中，那个牧女有如从珂勒惠支铜版画走出来的粗壮母亲，藏袍系于腰间，两只胳膊攥着粗长的甲罗向下用劲，那张照片犹如纪念碑的结构，塔一样女人。"这张挺好，这个女人大胸部和大屁股生养了多少孩子，被糌粑酥油烈风养得跟铁似的。好情绪，好构图，是仰视一样的歌颂和信仰。挺像珂勒惠支的一张铜版画《母亲》。"Rain 由衷赞叹。

"珂勒惠支是不错，可那是绝望得发疯的工业之罪，而这是强壮的自然之歌。"格列拿起一张照片："西藏，你看他的眼神应该从下往上。你知道没有一个地方有这样的魅力，需要人的仰视。只有这里，你听，西藏，你听，拉萨。这声音，从口腔冲出，多么具有力量，它先是在你的口里旋转发酵，最后到了一个时间，你无法控制的时间冲出，像一声感叹。"

一般这个时候，Rain 会选择聆听，但是 Rain 今天有些肠胃不适，肠子里似乎绞杀酝酿风暴，就等一个屁被放出来时方开始。

格列这个人真过时，这个地方总是聚着过气的怪物。

贫穷的怪物，灌灌青稞酒就能达到高潮，搓糌粑就能充饥。这些人为了脑子里能够进来一两个特别的词语，不怕遭罪跑到偏远的地方，而这两个词语就能解决整个的人生意义。有一个大胡子诗人，一身衣服常年不洗，衣服领子袖口一片污渍，没事沿着拉萨走路，在拉萨待够了就一人跑到乡下，天天走，走累了就到别人家乞食，一个月后回拉萨了，背包里带回几张手稿。那个诗人生活在苦修一样的癫狂里，两条腿像是追逐火苗的干木头不停去找火，衣服被阳光晒褪颜色，油脂和灰尘又换种质感，他含糊不清地吐出"啊"来，希望姑娘能够热烈地爱上他的绝句；有一个疯子，穿得跟公务员似的，在布达拉宫伸展双臂，大声叫着：西藏，我爱你。拉萨，我爱你。

Rain 一直觉得有一股气流已经顶到肛门了，马上就要冲到空气里面去："格列拉，不好意思，我先去趟洗手间。"刚走进洗手间，带上门，按下抽水马桶，一个悠长的闷响来了。Rain听见哗啦啦的水声阵阵，不由得叹了口气，又打开了排气扇。

当 Rain 从洗手间出来的时候，格列感到谈兴更浓，提出接着去光明甜茶馆坐坐。Rain 忙解释："你说怎么这么巧，今天我起了个早，一上午就泡在甜茶馆里，现在胃里沉得发酸，好像坏了肚子。改天去吧。下次我请你喝酒，也是为你接风的意思。格列拉，你就是走得实在稳当，以艺术为苦修，让人敬佩。现在的人很少能够做到这点了，喜欢走捷径。刚才 Shine 来了短信，要不我们去她那坐坐。"

格列想起那个女人就有点儿头大："那下次我们在茶馆接着聊，我就不去了。"

"你看吧，女人事多，又碎。不晓得什么事情找我。"

"那我先撤。"格列收好片子。

Rain 想起 Shine 真的找她有事。

Rain 看着格列离开，也许是刚拉了肚子的原因，她觉得身体轻了些，又回过头去想刚才看到那组图片。真的是好片子。

黑就是黑，白就是白，密不透风的黑，白晃晃的白。只是这苦怕吃得值不值得，三十年前二十年前十年前人们都是这样拍西藏，老这么拍有个什么意思？

这个地方正常人越来越多了，多少人携家带口跑到这里七天，天天跟导游斗智斗勇，鸡毛蒜皮地计较住的宾馆小了，被子脏了，吃得差了，被导游坑了。

Rain 想想笑了。

Rain 打了个车从团结新村到措美林，措美林到丹杰林路的口子像是一个大的血栓，下了车，Rain 身处各色的人之间就像被倒豆子一样流向大昭寺。

Shine 的店里没有人，她正坐着玩手串，看见进门的 Rain，拿着手串对 Rain 摇了摇。

"今天店里还蛮清净。" Rain 开口。

"看看，我刚得的。"Shine 递过来手串。

那是一串星月菩提子算盘珠手串，Rain 觉得这也没有什么特别："八角街到处都有的卖。没有什么稀罕的。"

"这才不是在八角街淘的呢，"她看 Rain 是一脸不屑，"这是我到下面的寺庙求来的，活佛开过光的。"

Rain 眼前出现一个端坐的喇嘛，念上一段经文，在珠子上撒上几粒青稞。求证百八三昧，断除一百零八种烦恼，身心寂静，被加持过的，除了负能量的，就是能够消灾避祸的物件了。

"有没有开光证书，加持证书限量发行呀？" Rain 问。

"你这货真的有病，不跟你说了。"Shine 有点不高兴。

"你真的不知道呀，大昭寺开光据说就

给证书的。那些网上的，不都弄个开光证书，要不然光凭你嘴上说，谁信？哎，你的店里的绿松石有没有被加持？价格翻倍哦。你听我说，有一家店铺的一串紫檀琉璃手串开价两千，说是紫檀皆是竖纹，漆黑如夜，偶带金星，间以白铜计子，黄色琉璃美丽丝状肌理如行云流水，明净热烈犹如无忧花，有缘此佛珠行者，心无挂障，证得究竟菩提，是觉悟、智慧，忽如睡醒，豁然开悟，突入彻悟途径，顿悟真理。这倒是便宜的，因为另一家店铺的一串老紫檀只有二十一颗，十地、十波罗蜜、佛果。说两千，善结佛缘，这个价格真是亏到不行。"

Shine 想杀 Rain 的心都有了。

"有客人来了。"Rain 跟 Shine 说。

是莫莫。

"这是什么？"莫莫指着藤镯圈。在 Shine 的店里买个，二十。这东西最开始小摊上是五块钱一个，现在涨到二十。

"藤镯圈，藏语称其为'巴'。'巴'是一种药草，生长在海拔四千米以上的高山，一年只有两个月可以采摘，因为含有藏药成分，现今开采受到限制，所以就会越来越珍贵。以前是为扎日吉加寺的喇嘛所做，长期戴着具有舒经活血作用，能够舒缓关节、神经的疼痛。这东西刚买时干枯粗糙，但是戴久了会自然发亮顺滑，非常神奇。"Shine 今天对客人耐性十足。这让 Rain 有些惊奇地看着她。

莫莫试戴了一只藤镯圈，一个节。看上去颜色怯怯的。

"你戴一段时间，就会养出皮子的质感，越戴越润。"Shine 严肃地对莫莫说着，瞧都不瞧 Rain 皮笑肉不笑的眼神。

莫莫被照顾得有点不好意思了："多少钱？"

"二十。"

"我就要这只了，"莫莫从钱包里找了张纸币，有点尴尬递到 Shine 个性十足的手上："谢谢啊。"

莫莫无意中看到 Rain 的笑容，有些不知道该如何自处，赶忙走了。

"听说狼牙假的太多，红珊瑚是白珊瑚着色了，求福德与恒河沙数无异，手腕一段，金刚结加持无有期限。"Rain 收起坏笑，有点正经起来："哎，最近有没有我能穿的衣服新款？"

"艺术家呀，您应该裸奔的嘛。我这的衣服，都能穿。你那层皮先脱了吧。不过我在里头给你留了一件，自己去试试。"

"哎，怎么？这张皮我要了。原来那张我先抵给你，怎么样？"

"我就知道你喜欢，怎样，把钱袋里的银子都拿出来吧。他们正在召唤我呢。听见声响没？"

"多少钱？真的？"

"你就穿上吧。真啰唆。你要真的过意不去，去对面甜茶馆买五磅甜茶来，就行了。"

"那好，我去买壶茶来。再买点酸辣粉、炸土豆什么的。"

"炸土豆不要。我减肥。就酸辣粉，凉粉，多放点酸水泡菜。"

"知道了，真啰唆。"

"晚上请我吃饭。"

"知道了，你才啰唆。"

真是奇怪呀。莫莫站在丹杰林路上，这个时候已经是晚上八点半了，太阳还没有落下，只不过路灯纷纷亮起，橘黄的灯光把天空染成紫色。"太阳还不落呀，真是奇怪的地方。"莫莫自言自语。

莫莫接到次吉的电话，说是十点他来接她去酒吧转转。

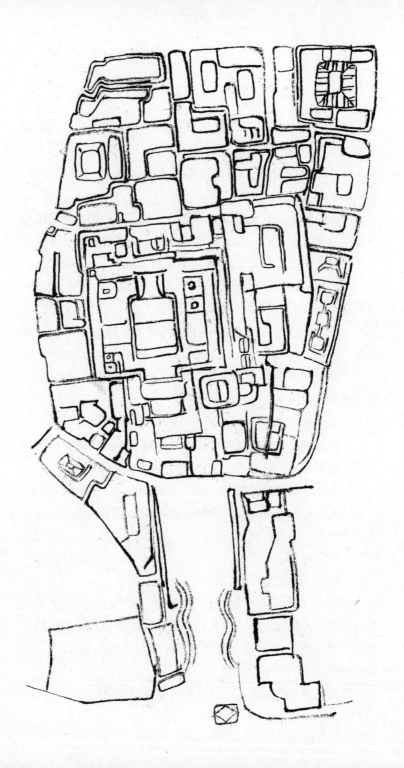

享乐地图

地图索引

未知的自己在等你，过去在今天等你，未来在等待永恒的过去。

也许有一个地方，也许吧。

拉萨老城石头建筑模仿的洞穴，虚拟了原始的猎场，所吸引的叛逆者和游戏者猎奇者源源而来。新鲜姑娘，漂亮姑娘，寂寞姑娘，小资产阶级伪资产阶级小愤青老愤青伪愤青们都需要舞台需要表演，寂寞无聊酒精歌声飞翔引诱追逐。把神圣的人生旅行搞无聊了也是件好玩的事情，无所事事地消磨时光，在酒精里浪费生命，男人泡姑娘，女人泡小男人来建立功业，这是个无聊低碳的营生，有什么不好，关键是坚持到底。

"老城这心脏心率过快，其实就是说自己根本不可控制，都是低气压搞的鬼。"罗布自言自语。

这是个食物丰沛的雨季，不见血的刀光在江湖上鬼影闪烁。男人们每晚都在为了漂亮姑娘发情战斗。一条名叫多吉的黑色杂种狗每晚都在和不同的公狗打架，赢了之后骑在不同的母狗身上癫狂一阵子，已经累得瘦骨嶙峋，嘴角留下爪牙撕咬后的伤痕，皮毛变成一层枯草包着骨头，走起路来腿脚都有些哆嗦。在这之前的那个冬季，它皮毛发亮如同绸缎，雄心勃勃精力充沛。就在之前的这个冬天，它成全了多少母亲，种子洒落大地。今年夏天它也会变得疲惫和衰弱，难以掩饰它得意得要命，这疲惫正印证了这场荷尔蒙的战争多么血腥残酷，它的胜利是多么盛大。它的故事被夜风传颂大地，它的种子散播在草原深处，许多小狗崽子都以是它的儿子为荣。它们总是在月圆之夜抬头对着月亮长啸，草原深处此起彼伏，遥相呼应，颂歌一样传到多吉的耳朵里。

多吉漫步在一个缓坡。所有的偶发事件里都有乱力神怪不可控的力量参与，在寂静和喧哗中欢喜参与，积极游戏，跟着本能走，随着冲动唱歌。动人处是游戏，快快乐乐伤心欲绝，慢慢游走轻浮挑逗，人要追逐着动物走，多吉在草场上笑出声来。

黏黏糊糊的事情

　　Shine 盘起了头发，随意挽了个高髻，露出白生生的脖子，她侧身前倾，显出美人锁骨，勾引好男人多吉（金刚）："小哥，你觉得我美吗。咱们嘿咻嘿咻，我做你老婆怎样。不干呀，我就去死，要不然，我就找一个更坏的人，生一大堆恶子恶孙，把世界弄得乌烟瘴气，恶心死你，你自己想好了，其实我是愿意和好男人在一起的，好好想想哪。"

　　《西藏王统记》原文如下：尔时忽有宿缘所定之岩山罗刹，来至其前，作种种媚态蛊惑诱引。……谓猕猴言："我等二人可结伉俪。"猴言："我乃圣观自在菩萨之持戒弟子，若做汝夫，破我戒律。"女魔答言："汝若不做我夫，我当自尽。"

　　好男人多吉找丹巴请示，怎么办。丹巴说，这是好事，教化坏女人是好男人的义务。

　　于是勾引成功……

　　离开家的地方都是好地方，离开家的人们在建立新的亲密关系。

　　"离开家的孩子，让我来安慰你可

好？”不妨勾引。

"怎么这么坏，开玩笑没有正行的。你把我当什么。"

"傻丫头，太阳的虹在你的眼睛里，宇宙是圆的，圆是一场宿命注定的轮回。你眼睛的结构，把一切物质吸入，连光都不可溢出，我感受强大磁力的吸引，不由自主旋转进入，你的神秘吸引了我，渴望着死亡，蒸发，变成炙热的云彩美瞳，装饰你的双眸。"勇敢的人都有些无耻。

"你这个混蛋，你勾引我。"

"是，我勾引你。你喜欢么。你听，这座年代久远的房子到了夜晚的时候就会有一头野兽出没，在黑夜的角落咂吧微咸腥味的口水，弄得满地都是这股味道，有鼓声在这个屋子里回荡，激动着你的心跳，让你呼吸急促，一双受虐母牛一样的眼睛说我需要。女人中的女人，你知道吗，你的美貌就是对女人的羞辱，所以你不会有什么女闺蜜之类的。你从来是让男人眼睛发亮的光，男人们暗地里把子弹擦得放光，随时扫射同类，也瞄准了你。你注定要祸害男人，男人为你在争风吃醋，女人妒忌厌恨在背地里咒骂你是狐狸精骚货，你怎么能够背弃自己的命运？你是男人们的最高的奖励，人人想让你尖叫，声音盘旋着从高潮走向新的高潮。"

"你得明白。之所以我们是朋友，是因为你没有我想要的东西。要知道我知道能够得到什么。你聪明过了头，忘记了原则，越了界限，你明白？子弹不会拐弯，怎么能够击中一只狐狸？就像是你说的。生活总是能够随我心愿。哥哥，我敬你一个，也点到为止，我会对你敬而远之。别想着征服我，看看风景如何？"坏女人消极抵抗。

"我知道你只想黏糊有钱的男人，对你没好处的事情你从来不做。"

"你用不着这样恼羞成怒。这一套对我没有用。知道吗？"最终的胜利者是Shine，她成功激起怒火："我可以骚，你不能扰。"她漂亮的身体成为自卫的武器。

莫莫被吓得目瞪口呆。

Rain赞叹："多么有力量的女人。勇气十足。"

卓玛连连叹息："无知的人，她会把自己陷入到什么样的人生困境而不自知。"

莫莫、Rain、Shine、莲花、梅朵、措姆、德吉这些姑娘们每天要喝七八杯水，她们每天起床后都要在脸上再画一张脸，吉美不灭，莫莫是猫女，德吉是圣母森林，Rain是水珠慈悲清凉，Shine尼玛是阳光下奔跑的麋鹿要自由自在，白玛莲花白色静匿要穿上蕾丝的裙子娇羞，梅朵卓玛救度母无畏展示朴素无私如阳光闪耀，措姆御姐控制手持皮鞭深心似海……

岩魔女第一个名字是卓玛神仙姐姐，她的身体是由七种物质构成：精微、血液、肌肉、脂肪、骨骼、骨髓和精。精微是人体的营养物，血液维持生命，肉保护内脏，骨是支持全身的框架，髓则可变为精，精是生殖繁衍不可缺少的物质。她还有汗、尿、粪三种排泄物，她住在芳草疏林繁花似锦地方叫达旦明久（永恒不变），喜欢八卦人情长短贪嗔痴慢疑。"贪欲嗔恚，俱极强烈，从事商贾，贪求营利，仇心极盛，喜于讥笑，强健勇敢，行不坚定，刹那易变，思虑烦多，动作敏捷，五毒炽盛，喜窥人过，轻易恼怒。此皆母之特性也……"

弃山星到七月

　　弃山星半年昼出，半年夜出。金星高照大地。此时的水一甘、二凉、三软、四轻、五清、六不臭、七饮时不损喉、八喝下不伤腹。那块后藏宝地，在山的腹地有一眼泉水，可以洗胃。听说很多人专门赶到那个山腰，找到那眼山泉，一壶一壶的水灌进胃里，胃受不了了又吐出来，然后再喝，再吐，直到胃那个皮袋子洗得干干净净。这水让胃舒服，不伤胃。人们洗干净了胃，还要拎几壶回到城里存着喝。

　　藏历七月至八月初肉眼能看见弃山星，只有这个时候水比"圣水"还要灵验，用它洗澡可以清除百病，全年身体健康，吉祥如意，用它洗脸，可以目明耳聪，头脑清楚。所以弃山星出现之时，即是沐浴节开始之日。

　　Rain 的电脑硬盘里有几张优质拉萨男青年的温泉沐浴露两点清晰无码大图，一群男子在水里脱光了，笑得像群孩子。酒醉之后说起这个事情，一众朋友惊呼："你有？"

　　"是呀，还挺全乎，私人收藏，权当赏玩。"Rain 装作傻乎乎地说："我一直想着当我穷困潦倒之际，是不是拿这个敲诈勒索一下，能够套些现钱用用。想来想去，这个也不现实，拿身体说事的你们该露的全露自己的作品里了，根本不吃我这一套。其实真的一点儿用都没有，亏得我求了人家半天，得了这些东西。"Rain深深叹息，功夫做足，"唯一的用处，就是等你们这些人年老色衰皮肉松弛的时候，拿来凭吊一二，缅怀青春下酒。"

朋友们举起酒杯，哈哈，夏布大。

当然小范围内也可扩散一二，子虚乌有乡，不要当真。

约
吗

"Rain 你要常出来，不跟陌生人玩，多没有意思。"Shine 在咖啡馆教导 Rain。

"Shine 呀，到底有什么事情？"Rain 问。

"过一会儿我去见一个朋友，昨天碰到的，约好一起吃饭。陌生人吧，你说不靠谱，什么东西靠谱，除了父母，所有的相遇难道就靠谱？胆小怕事，注定什么都不会有的，连经历都不会有，你知道吗？"

"是吗？这么严重？约在哪呀？"

"你和我一起去。一家咖啡厅。挺好的。算是星巴克的味道吧，那个地方老外特别多。走，看看去。照片上挺帅的，起码不伪娘，值得冒险。"

"Shine，你今天这件吊带长裙挺漂亮，可是胸部露得太多了吧。它更让人遐想里面的蕾丝胸器聚拢托起效果，一流好货不便宜呀。这个也太引人侧目，以你的姿色穿件紧身的 T 恤就够让人想入非非不能自持直喷鼻血了。你也不能这么让人产生犯罪欲望，你看旁边那个瘦子就因为看了你一眼就马上低头面红耳赤喝口拿铁被呛得颠三倒四。我猜他马上会上来要电话的。我会直接挑

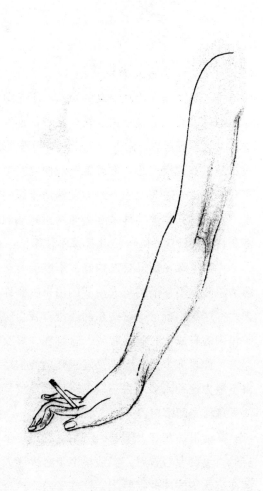

明，哥哥刚才是你给我朋友的短信？干吗脸红晚上一起吃饭一起喝酒你怎么马上脸色由红转白又憋得通红我们一定来的劳您请客哎呀不好意思。你去呀 Shine？看看。来了吧要电话了吧，我真是巫婆直指人心。你准备调戏他吗？那个可怜的男人一边和众人谈笑一边在私底下给你发约请吃饭的消息他一直以为别人不知道，其实他的耳朵红得像两只煮熟的虾子。所有人心里都在看笑话，这个人一点儿都藏不住事情。"

"哪里呀晚饭早有人约好，不过挺有意思玩玩而已，这种事情总归是不靠谱的男人用我的泪来唤醒你直到永远。我有病虐心？这次不玩了。这些东西还没有我上次在香港血拼的两个驴包来的有成就有满足起码一直都在，好歹物质存在神马都是浮云。你看那个男人后来又发来几条微信矫情。谁理他呀真是自不量力这种人多了去了只是玩玩调节气氛大伙高兴谁还会把渣男意淫当回事自己一个人美去吧？"

莫莫正站在灯火阑珊的街角，看见一个卖唱的小伙子弹着吉他。莫莫专心看着，湛蓝星空下灯火迷人，温暖的橘黄色洒落在小伙子的棒球帽檐上，挡住了脸。这个时候出现一个叫罗布（宝贝）的男子，穿着白色的 T，站了一会儿听了一段，丢下几张零钱，一会儿，路上刮起一阵风，扬起沙子打到人的脸上，雨马上落下几点：要下雨了。

人群纷纷散开，一些人躲到店铺下面，另一些人加快脚步，急匆匆跑了起来，出租车司机开始讨价还价，有些稍远的地方就拒载，开始挑肥拣瘦。雨落下来，冲散人群，莫莫跑回了旅店，身上还是落了一些雨，只跑了几百米，人喘得不行，心脏怦怦的要跳出来。看来还是有些高原反应，莫莫喘着气，换下一身衣服。

次吉给莫莫打电话：

"你略微等我一下，我这边还要半个小时才能完。我忘了提醒你，不要一上来就洗澡知道不？感冒了，严重的那是会死人的知道不？你怎么喘得这么厉害？"

"没事，刚下了个楼。我正想冲个澡，然后再出去。我觉得自己都要臭掉了，头发都几天没有洗了。"

"嘿嘿，那是你心理作用，其实根本就不是这回事。藏族人说，这个头发是不用洗的，过一阵子，它自己就慢慢干净了，也就没有味道了。"

"那你的朋友真的不洗头不洗澡？"

"那我就不太知道了。可能洗得少吧。"

"我不跟你说这个，真的这个事没有办法跟男人说。花要浇水，我要洗头。难受死了。我不跟你说了，我挂电话了，去洗澡去了，去晚了，人就多了。拜拜。"莫莫很快要挂断电话。

"哎，真的不要一上来就洗澡。"

"衣服只要套到身上，不管是几秒还是一天，那个臭味就一天比一天重，必须全洗了才行。我得天天洗澡洗衣，我讨厌身上那股酸臭味，出了汗的味道恶心得要命。我讨厌我住的那个地方，垃圾就那么敞开在地上，一阵风过来，刮过来一阵异味，一阵风过来扬起一阵尘土，脏，闹腾，心里也闹腾。烦，要死了。有没有完哪。我一定要马上去洗澡洗头，受不了了。"

莫莫发了癫狂，舌头在不同的位置敲一敲牙齿，话就哗啦啦流了出来，次吉闭了嘴，听得电话那头滔滔不绝。有一瞬间，莫莫看见自己在空中看着自己，惊讶于自己说个不停。那些句子发了洪水，裹挟着泥沙，从河的上游冲刷下来，河沿的石头慌张地往河岸跑了，跟跟跄跄，跑掉了鞋子，生怕丢了魂魄，真的丢了魂魄。次吉变得哑口无言，耳朵旁的手机越来越热，有点烫手了，他嚷嚷了一句："我的手机快没电了，待会我们酒吧见吧。我先找地方充个电。"然后就失魂落魄挂掉了电话。

罗布被雨赶进一家酒吧，要了一瓶啤酒，叫了一份咖喱牛肉。听见雨声由小变大，哗啦啦的声响敲没了街上的人群，街上的水很快汇成小溪转着圈流到下水道的井盖那儿，形成一个浅浅的水塘，更多更快的雨像是扯坏的帘子砸在路面上，溅到人行道上，溅到刚粉好的白墙上，把墙边淋成土的朱红色，仿佛是白墙发了骚情，浅浅抹上胭脂颜色。夜色逐渐深沉起来。

黑狗多吉在北京中路上跑着，显得有些疲惫，尾巴耷拉着垂到地上，拖到地上的几缕毛打了结，它实在累了，这场多巴胺的战争才刚刚开始，黑狗多吉抖干身上的水珠，睁开眼睛，又冲进黑暗中的雨帘，往更黑更深的巷子里跑去。

黑狗多吉跑到一家酒吧的门口，抖干净了身上的水，悄不声地趴在边角的地毯上。老板娘看见了它："普姆，多吉来了。帮它把狗粮拿来。"

罗布问："这到底是谁家的狗？老看见它在这。"

老板娘笑笑说："不知道是从哪里来的。挺招人喜欢，又不固定在一个地方。我们这一片的人都养着它呢。它不认生，由着你玩，但是它也不亲近你。有几家人想养它来着，根本圈不住。"

"这挺有意思。"罗布笑笑。

"你今天不怎么喝酒，难得呀。"老板娘又笑笑。

"哪能天天喝。"罗布说。

一个藏族名字

　　一个酒鬼多吉踉跄着挨着罗布一屁股坐下，他在丹杰林路里打拼，倒腾天珠松石藏饰之类的买卖，小打小闹，混口饭吃。一下拿起罗布的酒杯一饮而尽：

　　"我这个人吧，不在乎真的假的，假做真时真亦假。"他已经醉得不行了，已经到了非说真话不行的程度："请你再饮一杯酒。"酒鬼拿起桌上的酒，满上一只空杯子，酒逆了出来，撒出来一些，他把酒递到罗布跟前。

　　"在西藏混，怎么着先弄个藏族名字，你别不在乎的样子，在你的画上画个藏族的标志，明显着要好卖得多，这你认吧。你想想，这人跑到西藏来，要的是什么，西藏文化西藏文化，标签是西藏，跟你真的是谁有个屁关系。那天我带哥们儿去一家唐卡店里转转，你知道，每一张唐卡下面都有一幅藏族画师的肖像和简历，验明正身呵呵。人呀，有几个人能够判断自己买的东西到底值什么，多少人有这个自信。他要的是一个存在的确诊。那个小子你知道的，从尼泊尔进货的，把印刷品当画卖的那谁，你别看不上，人家比你活得自在，别说是骗子，这话俗气，你吧就是一根筋，别人认这个东西，如果没有强大的需求，何来供给。人，图便宜，好面子，占便宜，人想要，又掏不起这个钱，你以为人白痴不知道，但是你就知道人家真不明白还是假不明白，他要的就是这个，谁也不说破，留着面子，里子是什么，谁不知道呀。看看，哥哥你小看人了吧。我知道你看不上那个人，不说他不说他。我知道兄弟你有能力，心气高。看不上这些，有一句话叫劣币驱逐良币，大家都这么玩，你也受影响吧，越来越难混啰。"酒鬼喝干手中的酒，又倒了一杯。

"你说我做不做假，我没有你那么清高，跟着大家一起混呗，我的良心不比别人少也不比别人多，大家这样吆喝我也起个哄，一样的进货渠道，温州义乌货品，我假人家也未必是真，人家店大排场大卖得风生水起，我嘛，小摊小贩挣口稀饭钱。真家伙，有呀，看你有没有这个眼色。就像天珠，都是真的，何尝又不是假的呢。这个你懂的，哈哈。"

"罗布兄弟，你瞧瞧，说你是个康巴人一点儿都不过分，再学点藏语，也不用学藏语，画个藏语签名都行，包你吃香喝辣的，天天神仙日子。哦，不对哦，你现在日子就很不错，更上一层楼嘛。今天我是喝大了。掏心窝子的话都说了。你吧，骨子里看不起我，我是知道的，但是我还真的喜欢你这股子劲，来来，喝酒。"

"上不了天，入不了地，就这么着吧，动动手，动动脚，能干点好事就干点好事，能干点坏事就干点坏事，这个是谁说的。兄弟别太较劲了，没意思的，那个只能给你带来麻烦，心里难受。我这是真心为你着想，你想想我这话说得实在不实在，人哪，就图一个现世快活。男人嘛，不就是那么点事，女人呀，钱哪，都得要，你怎么对钱这么较劲呢。罗布老弟，改天我带兄弟去你那拿张画，就那种藏族小女孩那张，手里拿一个苹果的，你再画一张。那天吧我带着我兄弟上街，就看上你的了。我说，这画家是我哥们儿，绝对让你满意。尺寸再大点，颜色再漂亮点，价格你放心，不会亏待你，我兄弟高兴，一切都要我兄弟高兴，好事。你大有前途呀。来来来，喝喝喝，不醉不归。那个服务员普姆，再上一箱百威，喝高兴喝高兴。碰杯碰杯，我打个电话给我大哥，我的兄弟，他一会儿就到。好兄弟，碰杯，干一个。"酒鬼多吉进入虚幻的快感，无所不能地理解万物，真通彻。

"我是真醉了。醉了的时候你就会回忆起一些很久的忘不掉的东西。"罗布没想着喝醉，还是醉了。

"我老是记得一个画面，大冬天的，所有的树脱光了叶子，所有的水结成冰，农场的大人和孩子聚在一个大院子里，杀猪分肉，被杀死的猪凄厉惨叫，褪掉猪毛烧开大锅热水，水蒸气热腾腾，小孩跑来跑去，大人高声说话，互相敬烟，热哄哄地喧哗，兴高采烈地屠杀。我还是一个孩子，我蹲在一颗刚刚被割下头颅的老马前面，无限悲伤看着它那睁开的大大的眼睛被长长的睫毛挡着，仿佛在门帘后面的无辜和良善眼睛在问为什么。我流下泪来，在我小小的心里升起怜悯憎恨和无限的美感。"罗布蔫头耷脑，显得被酒击垮的样子，脑子里火光电石在快进。

"这一切真让人厌倦。一个孩子过早地看到了杀戮不好，那些混合了血的悲伤就会一直存在你的宇宙命盘里，让你的那颗星星变得尖锐不安和焦灼，会在行走的轨迹上脱离，会坠落，会爆炸，会重现那血的颜色，那红色在梦里来找你，你的一辈子就会纠缠在血混合泥浆冰碴的纪念碑上。这场热气冲到天上的屠宰场景，第二天消失得无影无踪，地上连一滴血都没有，那沙土的场地还是一片干燥的黄白颜色，远处的沙柳勾勒出盐碱地的方正图案，引水渠早就没有水，上面铺了一层细沙，地是敞开了的黄，天是疯了一样的蓝。所有人都在告诉你，什么事情都没有发生过。"

罗布保持清醒走到卫生间，伏在洗手台上吐了起来，冲干净，又洗了把脸，回到酒桌上，酒桌上又多了一个人："哦，大哥。你好你好，幸会幸会。久仰久仰。先干为敬。"

"兄弟好酒量。一看就是豪爽的人。干干，再来一杯。我喜欢这个兄弟，一见如故，一见如故。普姆，服务员，老板哪，再上一箱百威。"

那个女人拉姆（仙女）明显喝大发了，踉踉跄跄杯来盏去一杯下去又来一杯间隙还唱着歌美酒加咖啡大胸蹭着胳膊高跟鞋踩着狐步去到卫生间了，这样波西米亚的放荡中，心总归是野鬼的激荡的，蓝色珠光的眼影显得又正经又放荡……

一个男人和一个女人坐在酒吧靠窗的位置，像是一张画，剪贴出两个寂寞的身影。这个男人想找一些漂亮的话题引起这女子的注意，女人颇为勉强地敷衍着。女人说冷，这晚上的拉萨太阳下去了晚上就特别冷，穿上了一件窄肩的西装外套，刚刚上来不能怎么喝酒啤酒不行来杯青稞酒，一口一口抿着。雨刮进来一拨人，热热闹闹拼了三张桌子啤酒上了两扎。

"哎呀次吉。"罗布看见了次吉忙打招呼。

"哎呀罗布，遇上了真巧一起喝酒热闹。"次吉有些意外，

这个罗布之前从来没怎么理他。

"这位美女是谁？"罗布问。

"这是莫莫。"次吉忙介绍。

"达娃也来了来来撞一个。"罗布跟另外一个碰了一杯。

"幸会美女。我叫达娃。这是拉萨顶顶大名的人物罗布。幸会。这样美女怎么以前不见？次吉这小子什么时候金屋藏娇？美女幸会，气质不俗，随时为美女效力。一定不要客气。这觉拉晋美我的兄弟，八角街上地界人物有什么问题劳烦大哥替你摆平，美女，留下电话有什么事情需要帮忙就来找我来来喝酒喝酒……"这个达娃插起话来没玩没了。

"是罗布大哥哦。我是莫莫。刚来拉萨，一切都要请你照顾呀。"莫莫羞羞怯怯伸出手。

临街的酒吧，北京中路上的老城酒吧，酒精把火都烧到天上去了，把夜烧成了红的。夜雨哗啦啦地下来，雨帘子里橘的黄的光晃动起来，放荡的路面跟条河一样。

这些人是危险的生物，妈妈从小就会教育女儿们远离伤害，但是那个可怜的女人总是忽视了她的宝贝那眼光闪烁处的绿光不受规则左右。

莫莫染过头发。她有一头柔软稀薄的长发，直烫之后，就服帖得贴在头皮上，又想染个颜色，供她选择的颜色从金黄到翠绿到酒红，按照她的意思，金黄不错，很扎眼，太扎眼，扎眼，喜欢，在人堆里被看见，这是很爽的事情。所有的性感明星都应该有闪闪发光的金发，在丰满的白色乳房上发光。最后她选了吊带丝绸睡衣，是在向露出胸脯的礼服敬礼吗？她想敞露她的白皮肤，为了一个男人。她一直这样想。

唐璜浪子

有人，对待女人，总是柔韧有余，周旋有道，他宽厚地安慰每一个女人，让她们得到真正的幸福。他是看似风流的浪子。而事实上，他更能分清需要和存在。他更懂得买卖和珍藏的关系。他有很多情人，但不意味着他浪荡不堪。他自知自己关闭或保留了内心最洁净之地，无人可入。看似无情却有情，而往往自知，不能与人言道。他来拉萨已经有些年头，人们去远方只是为了繁殖出自己的地盘紧紧地搂住自己。忘记是他的无心，不记得让他坦荡，永远的他如赤子。

这样一个人，走在八角街夜晚飘雨的巷子里。这雨下了几个小时，终于变得不那么歇斯底里，力气用尽，柔声细语。罗布在酒吧里已经吐干净了胃液，以至于胃在凉意里还难消灼热。

他竖起领子，走在雨里，只比平时略快了一点儿。

在拐进巷道的时候，罗布抬头看了看天，巷子的入口处只有一盏昏黄的路灯，照着牛毛一样的雨丝，在石板路上留下一个毛茸茸橘黄的圆光圈，只照亮一小块石墙，

更高的轮廓消失在雨雾里，罗布突然想起这样一个词：远方的远方。那一小块白日里清晰的蓝天空，被灰蒙蒙的雨调和进了石头的灰色里，没有了往日尖锐的轮廓。今夜，他突然抓不住往常的习惯，那让他想起第一次在画册上看见提香圣母的蓝色袍子。这是绝对对称的纪念碑一样的结构，总是让他满怀深情。他停了下来，拉开裤子，掏出家伙，一股尿骚热气在路灯下上升一道白气，好大一条水。全是钱哪，它们欢快地在石板上四散溅开，又汇成几股水道，向远处跑去。罗布叹口气说："好家伙。一夜的大雨，把巷子里咸碱尿骚冲洗得干干净净。"

雨轻声细气感叹到清晨，悄无声息地停了下来，土墙上的一枝金盏花开出黄灿灿的一朵花。

阳光慢慢照亮拉萨，一个小时后，地面干燥得就像雨水从来没有来过一样。

昨天晚上在酒吧里泡到十二点，莫莫和次吉提前撤了。次吉建议第二天上午莫莫就在八角街里转转，有些巷子里的老房子很漂亮。莫莫被早起赶车的游客吵醒了，听一群人哄哄地背包离去，又在床上躺了很久，看着透过窗户照在墙上的光越来越亮，才起床洗漱出门找吃的。街上人已经很多了。

她拿着手机频频拍照，已经路过一些店铺，尤其喜欢几家藏式家具店，细细看过，比宜家风格要复杂，要郑重其事。她喜欢一块红木板上画着一只绿毛大鸟。

莫莫抚摸这些藏式家具店的木头，这些木头上刻画了繁复的花纹和细密的图画。一个工匠用鲜艳的颜色细细勾填，用金描线。不厌其烦的精细，让人敬佩其耐性，他在这个简单的木头上花费了无数的时间，他无数遍地感到眼睛酸胀，抬头休息一会儿，

藏式

又埋头填色或者勾线。莫莫说，多好呀。

有一个古老的宅子，藏在八角街里面，穿过鸡肠一样的巷子，一个接着一个的石头房子，推开铁门，爬上木楼梯，有一个辉煌的房间。这间屋子门柱上，四周的墙壁上画满了彩虹条纹的花饰，靠南窗沿墙摆着一排用细帆布做包套内用獐子毛的卡垫，卡垫上面铺上漂亮的彩色充丝八宝卡垫。中间安放一张藏桌，卡垫前是几个藏式短几，桌面上画着禽兽、仙鹤、寿星、八祥图，四周有回纹、竹节的图案。果盘里堆放了印度的干果。

莫莫去喝杯拿铁，在西餐厅点个牛排三磅甜茶来个藏式包子，一个鬼佬在用藏语说话，一个藏族说着英文……莫莫看到墙上有一张画：一个丰盛的房子，在一个边角放一个兽皮镶嵌的箱子。豹皮制成方形皮块，镶嵌在深色的箱柜表面，箱子边角铁尖钉封，狂野奔放，箱子微微打开，露出那些柔软的丝绸衣服，仿佛散发着迷幻的麝香味道。有一排的藏柜立在墙边，柜子上全是绚丽的彩绘图案，在繁复的龙纹、动物纹、植物纹、雷云纹、说不清的云的纹样里是一些玄妙传说，神仙福地，花草繁茂。莲花一样的女子慵懒地靠在垫子上，端着甜茶碗，慢慢打发时光，一切是如此的让人满意，在太阳的抚摸下她会慢慢入睡，又会慢慢醒来，她的面目显得有些忧郁，是在等待情郎么。

莫莫感觉自己比任何时候都需要安慰，她的心脆弱得像张纸，在风中摇摆，最好把她写满，有了字她就有了分量。

格列上午会去八角街转转。就是看一个无序的花园在一个狭小的空间里不停填塞着新鲜人和老人，新物件仿古物件老物件。巷子里的小店铺堆满了绘满花纹装饰的木头箱子、铁皮箱子、木版画、木刻经版。"百斤羊子九尺长角，一根尾巴往下拖"，硕大的莲花、伞一般大的树叶，红火富丽单纯火热的冲动装饰；严谨的符合造像度量衡菩萨造像理性慈悲，相伴如同螺旋彩虹般云纹交错。格列两眼发光，细细摩挲，和小贩打打嘴仗。格列很少出手，只是长时间磨蹭，那是他的花园。小贩也会请格列喝茶，他们生活在大昭寺的觉悟菩萨之下，心里恬静安详，内心充满慈悲。只有格列会悲伤地思考，他和其它的人都会偶尔抬头在天空里找点东西，渴望神谕。

夏萨苏二巷。

从北京中路拐进一条南北走向的不到三米宽的巷道。巷子被临街的相连的两栋改造过后一模一样的标准新藏式三层门脸房堵了个严严实实，巷口像是皮肤上的一道伤口从天空的接口处划开，显得黝黑深邃，深不可测。

上午的阳光照在这静静的巷子里，有一个老人家，看上去已经活过太多岁月，像一尊静物，斜躺在阳光里。他挡住了身后的墙，占着地。快门声一响，他定格在照片里。

老人身后是一个矮小的坐西朝东的老民居院落，对面有钱的房子在周边突起压榨，这小片院子显得有些穷酸落魄，又坦荡着胸腹，大咧咧露出一幅喝醉了的架势，今天抓了糌粑，又喝了一壶青稞酒，酒暖暖地烧着胃，一片大大的蓝天展开来，前胸后背晒着太阳，心里实在快活。青灰白的古老石头墙体，大小并不工整。只有两层高，像矮胖的醉汉坐在地上，为了贪婪更多的阳光，在背上二楼的高处描点一扇木格的窗户，铝制的窗檐下画了宽的黑边，一块白色短绉帘随着风起泛起一点点裙边，这醉汉扭捏着圈起一只胳膊在旁边划出一道矮墙，墙边积水的房顶长些杂草，倒是衬着那露出不多的煨桑炉被桑烟和雨水弄坏的白粉颜色特别淡定。

低低的一道屋檐，门楣上的彩绘脱落得厉害，门框更是简单，一个粗硬木框，随便在上面安了块木板，上了把铁锁就当成了门。一米七的个头，低头，用力，吱吱嘎嘎推开门，就进了院子，霍亮亮的太阳就在头顶跳动，三米开外就是一口老的机井落在白晃晃的炙热阳光下。水池旁边的水泥地上搁了引水的铁桶，大半桶清水上漂着一个红色的塑料水勺，井边湿了一片，洼地的小坑攒了一些水，水面上闪了一点儿白光。旁边搭的木架子上用废弃的铁桶压缩饼干盒脸盆养了些臭绣球花，红的粉的白的热热闹闹开着。

这个老人和这个院子一样安静，一只苍蝇静静停在领口处，被阳光晒得懒洋洋，耷拉着脑袋，一副马上就要睡着的样子。

转经路

　　罗布中午才醒，昨天晚上的那场酒让他头疼。他隐约记得他答应一个女孩带她转八角街的。他今天这个样子，已经画不了东西了。他拨通了电话。

　　这个女人单纯。她的心里有一些不俗气的愿望，她还没有愤世嫉俗到伤痕累累装作钢铁不入的样子。她所有的问题就是，她把自己想象成了一个公主，这是小女人的通病。

　　"莫莫，我叫你 Rose 吧，我们之间的秘密就是 Rose 呼叫 Jack。"罗布在给莫莫打电话，不经意轻佻地说着。莫莫的汗毛孔纷纷炸开，哗哗哗掉了一地。

　　一个女人唯一的记忆就是些男女间的你情我愿，刻骨铭心，道听途说事后追忆，那都可能是假的。我预设了你有罪，只等着你来招供画押。

　　去转经吧。莫莫刻意逢迎，穿了条绿色的牛仔裤紧紧包着未发育完全的东方屁股，带了条红围巾。带着墨镜遮住了半边脸，烈日下，围巾披到头顶上，有了些印度女子的风情，婀娜转腾间，莫莫觉得应该去买一条花朵的长裙，装作 Rose 才更加合适这条石板路的情调。

罗布提议去转经道旁边一家著名酒吧坐坐："你一定转累了。"

Rose（莫莫），野玫瑰一样热情，带着秘密说好："我也累了。有些口渴呢。"

酒吧一楼的门脸已经被隔了出来做了铺面出租，只隔出了一个狭窄的小楼梯通往二楼的酒吧还带一个三楼的顶楼，用白色缝了一个蓝色的八宝图案做了一个遮阳的篷布。商业场所，都会尽可能地使用藏族符号，来符合人们对一个特殊地域的想象，篷布下布置了桌椅，白天的顶楼人要多些，可以趴在顶楼眺望八角街的转经路，毗邻着大昭寺的金顶，能够看见八角街连成一片的屋顶，能够看见布达拉宫和上面的蓝天。常有游客架着相机对着转经路，抓拍熙熙攘攘的人流。罗布不喜欢这个地方，因为来的次数太多，服务的普姆都认得这张脸了，每次到这里来，他都能收到秘密的微笑招呼。但是花朵般的女孩文艺气质女人都好这一口，他深刻地理解女人，就那么一回事。

"普姆，来个三磅甜茶。"罗布是个老拉萨人。他选坐在临转经路的房顶位置，可以望见转经路上的店铺和人流。

酒吧的桌子上有专为游客准备的留言簿，留言内容绝大多数与情感纠缠灵魂升华有关。

Rose 翻看着留言簿，说："罗布，咱们也写点什么。"

"写什么，你看着写吧。"

"我就写，蓝天，缺氧，我遇见了你。"

"你呀，这个小女人。"

"我喜欢呀，人生苦短，藏着掖着，我不喜欢。"Rose 转过眼睛看着下面的人流："到了这个地方，我喜欢就说我喜欢，我要就说我要，我不喜欢那个城市的我，假模假样。"她叹了口气，"还是这里好，天离我这么近，我觉得自己可以很放松，这儿真好。"

"你待多长时间，在拉萨？"

"不知道，反正我的假期挺长的，两个月呢，我也不想去别的地方了，天天睡到自然醒，晒晒太阳，人间蒸发，你说好不好？"她转过头来，两个银耳环随着晃荡了起来，"我看，八角街里，你的熟人很多嘛。"

"我的时间挺自由的。你有时间，打电话给我，我的电话你有的嘛。"罗布说，"这个地方，以前是仓央嘉措会情人的地方。"

"天哪，多浪漫呀。"

"他可是藏族的浪漫的诗人，一个喇嘛，不恋宝座，却爱慕女人的胸脯，醉酒为女人写诗：住在布达拉宫＼叫持名仓央嘉措＼住在山下拉萨时＼叫浪子宕桑旺波。夜里去会情人＼早晨落了雪了＼脚印落在雪上了＼保密又有何用。"

"我一定要把他的诗好好读读。有得卖吧。和有情人，做快乐事，别问是劫是缘。"

"有，书店都有。你要想看，到处有卖的。"

"我挺喜欢袈裟的那种红，寺院里那种多玛墙的红色，你就想着，他穿着袈裟，从布达拉官的高墙下来，隐匿在夜色里，去见他的情人，多好。"

"他有一首这样的诗，就说的是。遁入空门岂能留恋凡尘红颜，不成魔不成佛。"

罗布的电话响了，"我接个电话。"起身，到了屋顶的另一边。

"啊，怎样，还好吧。辛苦了。我想，干吗不想，好了，我知道了，你辛苦了，领导。我有事呢，晚点给你打电话。"

罗布回到桌子边来，"不好意思。"

"朋友呀。"

"一个朋友，有点事。电话有点烦人，别介意。"

"咱们下去吧，我还真的有点累了，想回去睡会儿。"

Rose 晃动耳环，一脸娇笑。想到这情调的酸甜可口，仿佛是蓝色海岸的一颗甜樱桃，也许是太阳晒的，人有点昏沉起来，对面的人有些可口，还真不错。

罗布笑笑："我再陪你转一圈。我还有事，不能陪你了。我电话你有的，欢迎随时骚扰。"

Rose："啊，这样。"

罗布拍拍 Rose 的肩，Rose 没有避开，一前一后下了楼，罗布的手就顺带搂在了她的腰上，"晚上我给你发短信。"

Rose："明天我要去林芝，可能晚上就不出来了。"

格列与幸福

下午三点。格列和新鲜人德吉（幸福）约在茶楼。老城这块的茶楼很少。这家茶楼的门对着布达拉宫的后面，下午人很少，大厅里用盆栽的发财树和屏风隔出一个个暂时的私人区域，落地玻璃外就是一片风景。那片风景四季不同。

格列和德吉是第一次见面德吉是刚刚大学毕业的女孩，嘻嘻哈哈的，一幅少不经事的样子，她在一家旅游购物商店当导购。

"格列老师好。我叫德吉。"德吉装出老练地伸出手。格列皱了一下眉头。

"哦，是藏族名字，幸福的意思。"格列伸出手，感觉这女孩子的手有些干瘦和凉。

不咸不淡壶普洱，扯些闲话，人们眼光都会落在那片著名的风景上。风刮过大地，不会带走这里温热的空气，从这里看，这布达拉宫后面看起来也是了不起的建筑。从土里掏出石头，留下一潭子水，种了一圈子树。从一堆石头上堆砌一堆石头，结结实实的，山上的石头照着水里的石头，然后从山上滚下一颗石头，砸到了天空，掉到人的眼睛里。

茶发出草叶沤肥的气味，用水洗了两遍，汤色深红，丝丝热气浮在水面上。茶好呀养性子有美感控制事情发展的节奏，人是忙死了物种需要暂时停顿再往前走，这就是改生活的惯性用一点点苦直逼到甜的过程，一泡又一泡从浓到淡好茶是苦过后却留在嘴里了甜，不好的茶就是从苦涩到苦涩麻木了舌苔没有了知觉，好茶是苦味有香气虽然清淡细细品尝。要香气浓烈自然兰花香的铁观音合胃口就是这极寡淡里的强烈是细节上超越庸常击碎惯性，爱喝茶？喝茶，喝通透全身舒服一花一世界一叶一菩提。庄子还说道在矢溺，爱得干净也不怕肮脏，大道存焉。

德吉挑着眉毛："对这个我是一点儿都不知道。喝茶在我看来只不过是打发时间罢了，还有就是提神，我喝茶真的是一窍不通，不过茶杯很好看。我没有格列老师这样高的修养，有时间要像今天一样多多请教。"

德吉要跟格列说说他的作品代卖的问题。她的朋友开了一家咖啡厅，可以代卖摄影家格列的作品。希望格列老师能够对作品有个简单的装裱。这个她也不是很清楚啦，就是压个卡纸，装个镜框。卖出后再提成。当然这对格列老师的作品也是个宣传和展示，让格列老师的作品拥有更多的观众，走向更大的市场。当然格列老师也知道，对于游客也不能有太高的期待，关键就是这个价格问题，能不能稍微面向大众一点儿？

格列觉得德吉的话慢慢和茶水一样寡淡，原本这茶楼的普洱就不经泡。装了个好茶样子，实际上就是那些上不了台面的东西。格列想，商人趋利，没见过这么个老板，要软装修也不要这么过分的。格列请德吉跟她的朋友讲，她可以专门来找他聊这个事情。但是，他对这个事情不感兴趣，摄影对他来说就是一个爱好，没有做其他想法。

德吉语塞，无话。"那你下午想干什么，"格列想了想这话挺重的，觉得有些愧疚，主动结了账，走下楼来，约德吉去逛街。

德吉说太好了。到处走走。见店就逛，见庙烧香，见乞讨小孩就施舍。几个小时下来，格列觉得腿脚都软了。德吉笑着走在前面后面，精神旺盛，既不请教寺庙的前生今世，也不询问拉萨人情世故，就那么漫无目标，稀里哗啦闲逛，这是无意义行走不带成见旅行深入人们内部拉萨生活游你干吗说话呀这么热闹的地方说话是件无聊的事情光看着光听着就好了。知不知道杯子空了才能倒水你老是不停地说还能听见别人说什么呀。格列没有办法，像是被绳索牵着的小狗大叔，温故视而不见在大街小巷穿行。

格列约德吉晚饭，然后去酒吧坐坐，说有人现场表演。德吉拒绝："走了一下午好累，约下次好了，到时候我请老师一起去唱歌吧。"

　　格列和德吉分开。一个人又往转经道走了走。本地人都戴着口罩和遮阳帽。冬天的朝佛季节还没有到，格列习惯和喜欢的画面和人群都在草原里放牧羊群。格列叹了口气，拐进路边的一家甜茶馆，一股酥油甜骚味迎面扑来，他深深吸了一口气，又慢慢吐了出来。叫了三磅甜茶，又要了一碗藏面。两口扒拉完面，把甜茶倒上。

　　他的眼睛瞟到街道对面的各色广告牌，广告牌下满满当当的小摊，五颜六色，花花绿绿，他的眼睛越过铁红的多玛墙顶，不由得又叹了一口气。是吧，一定有一个地方。

　　拉萨市面上很难买到羊皮袄了。

　　这条街上，有几家画廊，挂着罗布的画。在又深又大的空间里，在暖色射灯的光下，住着牧区风景和人：美丽少女裹在羊皮袄子里，大眼睛漆黑如墨，茫然如雾。遥远的荒原在背后展开。克瑞思迪娜的世界遥远，枯草变成黑色冻土。那样的眼睛，羊羔一样的眼神，深深的眸子，从任何一条肮脏的街角，一个牧区的帐篷里也找不出来这样一个眼神。在这个寒冷的画面里，有一件古旧的爸爸做的羊皮袄被隆重介绍

细细刻画，各有各招，做底做肌理，鞣好的皮板子可以是一面温暖的土墙，也可以是草原上风的样子，或者是玛尼石头上的纹理。从土墙上找一种质感，用力放大细节，它应该在形式上能够与寒冷形成心理上的对抗关系，用坚硬来对抗坚硬，取得基本的平衡。不管天气如何冷到冰点，都要露出半片衬衣，一只长袖子如人生拐棍一样垂落在身后。翻出来的羊毛扭转弯曲，一团团一缕缕，厚重温暖，它的基本色调体现了肌肤一点点暖意，它的调子比天上的云彩丰富，这丰富不需要去调和，调色盘里画羊皮袍子剩下的颜色就够了。

这样青灰的哀愁，画孩子最讨人喜欢，童颜，无助的眼神，被风刮乱的蓬乱头发，立于荒原，或者是斜倚在一段土墙，在这一刻中了格列的魔咒，也中了很多人心里的魔咒。

几年前冬天的一天，格列拿了相机在朝圣的人流中盲拍。格列是一个胆小的人，没有什么力气，不会跟街上的康巴汉子去斗狠动刀子："我在报社做摄影记者，举起相机，这就是我的工作，人知道我会拍他，这有心照不宣的默契在，都是上得了台面的东西。相机的镜头对我来说是极为重要的东西，就像我放大直视偷窥的眼睛。那天我真的是激动了。我一看见，在一群人里看见那件羊皮袄子穿在那个牧区女人措姆（大海）的身上，她走得热了，羊皮袄就那样随意地扎在腰上。有一张《进城》你记得吧，就是那样一种感觉。我正正端起相机，身手灵活得像一只猴子，围着那个女人拍起来。开始那个牧区来的阿佳措姆还有些高兴，一会子就有些恼火起来，脸都憋红了，停了下来，手脚都有些不知所措，就那么僵硬地站着。我马上放下相机，用拉萨话和她搭起讪来，提出要买她身上的袄子。天哪，这是我做过的最胆大的事情了，跟陌生人提出来要买她身上穿着的衣服，简直是疯了。我想着这拉萨口音讨好了她，谈好价钱，我又带她去旁边的户外用品店买了件羽绒服，看着她脱下长袄子，放在我的手上，沉得很。这是一件很得意的事情。一件真正的羊皮袄，就实实在在抱在我的怀里，就像我想的那样，一股浓浓的酥油味道。我一直想要这样一件东西，我的一只胳膊都拿不动它，没有想到这东西这么重，我觉得钱比起它来实在是轻太多了。"

格列反复摩挲这件衣服，更加底气十足："这不是装饰，这是很沉重的，石头也是重的，人是轻的。"报社要出一套片子，找来美女白玛（莲花）。在拍照前，格列说一定要有这件羊皮袄，才是真正的味道，格列拿出了这宝贝。格列主拍，助理打光，卓玛说来玩兼职化妆师照顾着白玛莲花般的妆容，夏天，白玛的额头渗出微汗，脸蛋红扑扑的。

卓玛给白玛套上这件长袄。白玛里面穿了件绛丝绛红色的中式衫子，领口和袖口滚了金边，这羊皮袄很宽大，用一根绿色安多长腰带在胯间松松一绑，敞了一只袖子。白玛配了一双短的黑色毡靴。一段寺庙废弃的残垣，上面留了一些残损的壁画局部一些青绿的颜色。白玛是拉萨公认的美人，下午的阳光热得皮肤发痒，照亮斜倚在墙边的美人，在长睫毛下投下浓厚的阴影，愈发显得那双大眼睛两湾深水，多少男人都渴望醉死在这眸子深处的寂静与晶莹里。格列举起相机，从镜头里无限热恋着这个落入凡间的精灵，一遍遍地抚摸和赞美着这美好的莲花，这羊毛袄的温暖美人举手掠过额头指尖停留在绑了绿松石的藏辫上，宽大的衣袖垂下，露出半只白胳膊。

格列回家在电脑上看片子。皮子间粗糙的针脚，接缝，宽大的袖管，长年穿在身上的污垢酥油味，就像歌声一样传递来高亢辽远的草原原始高尚的生活："羊羔花盛开的草原是我出生的地方妈妈温暖的羊皮袄夜夜覆盖着我的梦喝一碗奶茶滚烫的像妈妈的话多少年在陪伴着我的旅途遥望白云深处的帐篷搭在我的心帐篷前妈妈望穿的岁月搭在我的心……"

放大细节，白玛的手指上装了长长半透明假指甲，纤细得如同利器，双手垂在腹前，漫不经心地交叉，用鼠标拖到脸颊，果然，看见一抹浅笑。格列惊叹：西藏的蒙娜丽莎。格列的面孔开始潮红如酒醉般他开始激动："我看见了蒙娜丽莎。"杜尚调皮捣蛋给格列画了一抹胡子。格列怎么会知道世界上有人有着这样的恶意调戏他的格调？

要开拍了的时候，白玛打开一袋子小东西："阿佳卓玛拉，要戴什么？"

旁边的卓玛翻出一副简单的松石坠子："试试这个。"

又从自己手上褪出一只式样简单的镯子，一只刻了六字真言的银镯子："这样就够了。"

阿佳卓玛就是这样的人，厚道安详。用简单隐藏起假指甲的浅薄，或者她呈现了伪造传统中画面托伪之意，直白地让人看出来。

格列的手机响了，是卓玛："你今天什么时候回？"

格列说："我一会儿就回。"

///

拉萨耶稣

深巷

入夜，深巷乌漆墨黑，一群人在黑夜里拍照，只有天光一片深蓝。机子自身带的闪光灯就不够用了，要用大的摄影灯辅助光源。机子调到 B 门，说"开始"。"啪"的一下大灯亮了，照亮这个巷子，地上的砖墙上砖发亮了，罗布走到巷道中间的位置，设定的位置。他笑了，灯照亮他的牙齿，又暗了下去；到她了，她从暗光处来到暗光处，"啪"的一声，闪光灯照亮了她，然后又灭了。一张合影就完成了。

那两次曝光锐利地勾勒出建筑物的尖角，石墙上的突起和水渍。他看见那照片，在这建筑物前的走动是一阵光影，定格下来的他模模糊糊，像影子一样镶嵌在石头上，有一点点眉眼。她在他身边，她的手仿佛牵着擦肩而过的他，好像他们俩有着何等亲密的关系，他们都在对着镜头微笑。这就是她和他的关系，他们在不同的时间点聚集到同一点。他说："多情的你爱上我，和我有什么关系，我是你脑子里灵光一动，多少年后，我变成关于时间的质感存在你的记忆里。我们在不同的时空里或许有过同样的叹息，可是，又有什么关系呢。"

午夜，巷子深处丹巴母亲的小酒馆里，只有一个客人罗布在喝酒。他的头顶上方有一盏射灯，照亮那张照片：一个坐在阳光下的老人，光修建出他那沧桑的脸部轮廓，那个老人枯坐在墙角，右手执着的转经筒顶着腰间的袍子，手仿佛不动，经筒在转，黄铜上的阳光如暗金在流动。

他听着时间的节奏在喝酒，他感觉时间实际上是个慢性子，所以酒下得很慢，他以为他会睡着，可是时间总是敲在一块叫恐惧的砖上，让他心里总是在等它。一个尼泊尔风格的纸质的灯罩下，电灯昏黄照亮黑暗的室内，另一束射灯的光照着那张照片。罗布在酒吧里感到无限荒凉，看着影子像演默片一样在他眼前走来走去。他已经待到午夜，他手里的酒还没有喝完，他晃动了杯子，从玻璃杯子折射里去看永恒被定格的阳光下那个转经老人，这个老人也是在清晨叫醒梦的老人，他经常在黎明要来的一刻进到别人的梦里看看风景。没有谁知道他的名字。人们常常忘记他的样子，就像忘记梦一样。罗布这样端坐在石头房子的边角，身体绷得紧紧地粘在卡垫上，那么这哥们儿迟早知道，他要一份听得见时间脚步的房间也要付出恐惧的代价。丹巴已经听习惯了时间的脚步声，在他迷恋上这个声音的时候，他就不希望有任何的促销来招揽更多的客人，因为时间是个敏感害羞的家伙。他曾经试图跟它说话，发现它比兔子逃得还快。

罗布的影子被时间搅得惊慌失措在房子里跑来跑去。丹巴收走了罗布身上所有的现钱，把他赶走了。罗布留在桌子上的酒杯还在发抖。

别再变化了，不然这些神神叨叨的东西就全跑光了，罗布说。

罗布长叹了一口气。

他离开他曾经生长过的城市，一个火星地貌的小城，被戈壁荒滩和沙漠河流紫色山峦沙棘树圈起来的城市。他说城市的雕像在一夜之间就被搬走了，所以他不记得了。那个粗陋的雕像是一个毫无美感，立在这个城市的交通中心地段一块广场上，还不如放一堆河床上捡来的石头，那石头的雕像可以被任何东西取代，跟他有什么关系。当他路过的时候，他都嫌恶说真他妈丑。那丑陋的石头深深刻在他的心里，他害怕被抛弃，如同某天突然见不到那堆东西，那个位置一瞬间变得清清白白。你曾经耍狠逞强耀武扬威，与时代在任何时刻游戏精彩，某个时间，你可能被权利抛弃，那他就是一个被动被遗忘的人。与其被遗忘，不如主动抛弃，抛弃生活的光，再找一束光。童年的阳光已经被阴霾的天空覆盖，那个火电发电厂整天冒出的白烟黑了整个城市。这个热哄哄的厂子居然是个常年亏损的企业，人们阴着脸，整天忙碌，却拿着极少的工资。人要是活得委屈，这是很麻烦的事情，他会无缘无故去折磨憎恨自己的父母，妻子孩子和兄弟——被时代抛弃的自己和家人，憎恨是唯一活着的刀子，割着别人的肉流着自己的血。他要是能够混不吝这样过一辈子，坚持这么晃荡下去，别跟人说变好了，别说我累了，别抬起一双疲惫的双眼说我错了之类的废话，他还是个人物。

他庆幸自己是个聪明人，他身边的姑娘不停来了又去来了又去。新鲜姑娘，美好的物质，荣光全在那水蜜桃一样乳房两点朱砂，永远让他又厌倦又饥渴：低级游戏。

他抬起头，往强光处望去，要在天空处找点反光的东西，或者是一面镜子。光照过来，他的眼睛不由得眯缝起来，眉头处耸成一个"二"字，眼睛成了一个斜睨的三角，有些不屑的气魄，瞳孔乍地紧缩，这让眼皮痒了起来，眼睛涩涩的有些紧，他闭上眼睛：不可看，不可偷窥秘密。

氧气越来越少了，像是有人用丝袜掐着脖子，没有打算真的掐死谁，骨头轻贱，人飘浮上升，飞了起来。天空是一个蓝色的气球，夏天总是好过冬天。女人，这是甜心，是水面上无数点点的闪光，是钻石，每一根光线都价值百万，让人迷醉又让人厌倦。

他是酒吧的常客。吵得要死的完全没人的，轮着去。

酒醉了他就难受："为了给别人一张想当然的脸。天真烂漫的黑小孩，手持转经筒的老人，朝圣的人群，没有这些东西，我的心连活着都不可能吗？没有人真正需要知道你是谁，那一张张的钞票，红的绿色的，就是肆意举起的屠刀，横死在刀下的是我的青年，我的中年，我的价值最终在我的老年抛弃我。然后有人说，那个家伙，不过如此。是那样廉价和不屑。这世界活生生地要把一根硬骨头变软，就为了告诉你，你的我不需要。就是要你跪下来，磨平膝盖，把头颅低到粪坑里，妥协献媚屈膝爬行，给口饭吃。"

他说，他才华横溢，天让他卑微庸俗，阳光一根根刺痛神经，让他觉醒却无力翻身。这是一个可爱的混蛋，妥协着仍然混不吝的昂着脖子。他摸摸他的粗脖子，是好东西呀，就剩一根粗脖子了，腰就直了起来。

西藏有种了不得的好狗，是狗种的骑士，游荡在大草原上像只狮子，一辈子狮子享受着孤独寂寞的福气。只可惜难找到了，谁要是找到的话，是会发大财的。它是人群里的勇士，有着高贵的血统。只是在一个风云变幻黄昏里，一阵大风后，西藏的大小城市里就没有影踪。所以多吉应该是条杂种狗，只有它才能抵御越来越多的微生病菌，快快活活繁殖，一点儿都不考虑避孕。多吉是一条什么品种的狗，一直让人心存疑念。不是狮子，不是藏獒，不是狗，那是一个伪装吧，其实它是一个怪物。

第二天一早，莫莫要下贡布，和次吉。

次吉决定要搞定莫莫。旅行车上，次吉和莫莫坐在前排位置，次吉喜欢这样掌控着局面。莫莫不高兴，她想一个人坐到后排，不想纠缠。次吉热哄哄地凑近，就显得很不知趣，他只想好好聊聊。

莫莫电话响了，是罗布的电话："在干吗呢。"

"我在去林芝的路上，去投胎。"莫莫说。

"那我们用短信聊。"罗布的电话断了。

一条短信进来了：我要去找你。好不好？云雾缠绕山腰，茫然地亲吻着每一个鸡皮疙瘩。

你真不守规矩。

什么规矩。

绕绕抱抱。你是干净的，服从于内心的冲动。

所有的人说我错了，他说我骄纵，不知好歹，湿乎乎的世界。

挡住你的眼睛，闭上眼睛。闭上眼睛，

就可以不看那些倒霉的事情。你需要温暖的抚摸，需要强有力的占有。你不老实，你虚无缥缈，我要抓住你，把你放倒在地上，你的空洞要求太多，你都不知道那是什么，每个洞都装着一只小叫兽，贪婪饥渴，它们一直睡着，把它们叫醒，让他奔跑嘶叫。爱情是没有机场的，爱情就是一个深不可测的无底洞。

莫莫从电话上抬起眼睛望着外面的风景，舔了一下嘴唇。

"你干吗呢。"次吉问。

"想喝水，口渴得厉害。"

"你的眼睛特别亮。"次吉说。

她突然问次吉："你喜欢过我吗？"

"喜欢。"

"那你从来没有跟我说。我根本不知道。我烦死了。怎么你不喜欢我？"

"不是，哦，是。"次吉脸红了。

莫莫突然闭了嘴，估计这些话就够了，剩下的其余时间再说，台词早就准备好了：

你的废话真多。什么都别问我，什么都别问我。只是抱着我就好。

陌生人，你有女朋友？要结婚了。你爱她吗？你确定那是你一辈子要的吗？我真想揍你。

你，你们一点儿都不知道我。从来就不知道我。关你屁事，滚，恶心，滚，滚。

哎，次吉，你知道周扒皮是怎么死的吗？我们小学课本里半夜学鸡叫的那个。那可是一个好人，不舍得住不舍得用不舍得吃，勤快一辈子对自己刻薄，对别人客客气气，攒了一百亩地。能够被拿得上台面的恶行是摘了别人家的一个葫芦，偷过一个女人头上的银簪子，何况这个罪行还可能是别人编的，编得多贱的一个理由，葫芦这么贱的东西谁偷？就被蘸着水的绳子抽死，死得多冤哪。一个好人总会死得莫名其妙，多荒唐的事情。你看那些山让云任意摆布，多有意思。你有罪，你不能不看见这一点。

莫莫闭上眼睛，好像人在车上总是困得很。

车快到巴松措的时候，在去不去大峡谷的问题上，次吉和车上的游客产生了分歧。游客的情绪激动，闹腾起来："这一天就光在坐车，就看了一个什么卡定沟，跟自家山头样，有个什么意思。尼洋阁，那又是个什么东西。这就算差不多完了，那什么大峡谷南伊沟都是推荐项目，去大峡谷光门票要六百，推荐推荐，坑钱呀。什么世道，到处都是坑蒙拐骗的勾当，你当我们是羊呀。那么轻易上当受骗？什么服务精神，不去不去。"

次吉也有脾气："去不去是大家的决定，我只是起个推介的作用，给大家介绍一些特别的风景。辛辛苦苦来一趟西藏，总不要留下遗憾才好。事先你们都自己填表选的项目，我尽我的本分，大家伙有气别撒在我头上，我一个小导游，辛辛苦苦也是挣点饭钱。大家开开心心出门旅游，那么斤斤计较，这是在高原，一不小心气出病来，到时候去了大的。"

"我说你这个小伙子，心肠很坏的啦，好好的，转弯抹角骂人啦。我们要的是服务，不是看你泡姑娘的。""小伙子这样不对的，这样的态度我们是会去投诉的。""出门在外，不计较的。小伙子，你只做你分内的事情就好，如果我们想去哪里，如果时间允许的话，我们会主动提出来的。其他的你就不用管了。"

次吉脸涨得通红，手插在裤子里握紧了拳头……

莫莫有些同情地看着次吉，她没有打算安慰他……

次吉在看莫莫的脸，莫莫的脸色变幻。次吉明显看到了她闭上的嘴唇有些干燥，一个下拉的线条显示了内心的不屑，莫莫的眼睛没有看着次吉，也没有看着远方，她的鼻孔微微张开，仿佛她在小心翼翼接近一个人，手僵硬地插在牛仔裤兜里。

胜利的车厢里顿时陷入死寂，有几个压低了声音耳语商量投诉，说到西藏玩，应该找个藏族导游。声音越来越低……

马上一个美丽的大湖将要出现在眼前了。一片森林里一汪碧蓝如同松石的湖水，湖心一个小小的岛屿，一个小小的寺庙，湖水沉着祈福的白色哈达，美妙不可方物，如同落入尘世间的老翡翠，纳克索斯蹲坐在水边，会把镜子中的自己爱到发疯……

"大家请注意，前面的景点我们有一个小时的游览时间，请大家先拍照留念，一个小时后，在我们下车的地方集合。然后我们去其他的地方。"次吉说完这段话，沉默坐在座位上，看着莫莫起身下车。

有那么一会儿，次吉觉得眼泪要下来，又忍住了。他问司机要了根烟，哆嗦着点燃，凑到嘴边狠狠抽了一口，马上咳嗽起来，眼泪鼻涕呛了出来。司机吐了一句话："讨生活，就是这样，想开点。"

次吉一边咳嗽一边把烟抽完，把烟头摁到地上，用脚又磨了两下。司机问："小伙子，还抽么？"

次吉答："不用了，大哥。我没事。"

最近画度母

白天的光晃亮亮地从窗户撒进一大片，大床上的人蹬掉被子，被子像条鱼蜷到床的另一边，把床上的影子分割得七零八落。Rain起了床，看见被子和影子睡在光里，仿佛要纠缠到底。Rain带上房间门。

格列和Rain坐在院子里，长凳上圈了卡垫，撑了把阳伞，有一个茶几。上午的阳光在石墙上持续加温，让那些小花小草颜色更加艳丽。格列解释，刚去冲洗了一套片子，过来聊聊天。

Rain抽了根520，她今天穿了条尼泊尔大红的灯笼裤，双腿一盘，像是结了一朵祥云，光线一点点勾画深浅，在轮廓处撒上金粉的细边。喝茶，她说，矫情，随身拿出了一个口面大、圆肚小、碗底浅的木碗，那是在一家西藏手工艺卖场里买到的加查木碗。薄红的染料下木纹清晰，学做藏族老人家的样子，一壶外卖甜茶，倒到自己的茶碗里，假模假式学着菩萨式样斯文慢慢喝着。和暖的阳光照在身上会形成和暖的人格，她说。

Rain跟格列在谈她最近的画："不知道该做什么，就画点，静静心。"

　　格列很激动：“你走在了正确的道路上。你早就应该抛弃那些观念至上的所谓当代艺术，不知所云，以丑为美，心浮气躁的东西。艺术是你为了在情感上和人群形成共鸣，自言自说的当代艺术到底是个死胡同。传统的艺术样式是博大精深的，值得花一辈子的时间慢慢琢磨，这也是你待在西藏的原因。”

　　Rain 给格列倒茶：“我倒是没有想太多东西，偶然做做，没有想方向性的大问题。传统是一成不变的么。前弘期，江孜画派，现在的新噶举式样，我似乎没有找到一成不变的传统。如果传统是不可更改的，那么安多强巴是多么大的罪人，他把月历牌的造型用在佛陀上，我也是想不明白，是学习传统中不变的东西还是变的规则？至于当代艺术，我倒是有一点儿想法，当代性是一个时间词语，并不是用来定义艺术类别。至于观念至上，以丑为美么，都是个人的选择，形成跟风的状态，那也是人性中逐利共性使然。西藏有当代艺术么？在样式上，除了他们选择的材料的不同，他们不是呈现极强的共性，没有个人差别么？你能说这是民族性造成的，还是市场选择造就的？市场就选择了几个关键词，都是围着关键词的制作产品而已。这样的当代艺术，的确是幼稚、不堪一击的。你所说的面对传统的态度，或许是一个都该问问自己的大问题，但是用二元对立的观点来区分现在和传统，是不是把问题看得太简单了些。格列，你跟我的不同在于，你有很坚决的审美，从生活方式的选择和绘画样式的选择，你的态度很明确。我不一样，我是模糊的，当然这模糊是生活方式的模糊，态度的模糊，我总是面临选择，我大约不知道自己要什么，但是我知道自己不要什么。"

一束光照亮 Rain 的红裤子，格列掏出相机说：你这样别动，我给你拍一张。太好的光，你看，格列把相机往 Rain 面前递，让她看刚才拍的片子。Rain 低头的时候，有一缕头发挑逗一样擦过格列的脸，格列忍住了没有打喷嚏，心里一阵发痒。Rain 看了一会儿说："挺好。"又拿起碗来喝茶。

"Rain，你干吗不找一个？一个诚实正直的男人来呵护你。"

"为什么要找呢？"Rain 突然问。

格列有些尴尬，忙不迭说："所有的人都是这样的嘛。你有一张大床，却没有伴，这太奇怪了。"

Rain 一下子变得严肃了："那是留给我的影子的。你看月光下的影子还是阳光下的影子都需要比人更大的空间。你问我为什么来这里，因为我想要一个更清晰的影子呀。"

格列笑了："这个理由很有意思。"

"因为这是真的呀。"Rain 笑了。

"这度母是典型的江孜风格呀。"格列说。

"对呀，我比较偏好这个时期的东西。"

"嗯，这个时期，度母的造像已经从露乳变成有披肩的遮盖。衣带刻画变得繁复宽肥，裙边翻转舞动，工整里还有写意的松弛。"

团花云霞装满画面空白，装饰的美好已经生长，却还没有僵化。

"你用的是软笔？"格列有点惊奇。

"对。软笔弹性大，控制力更强。慢慢练。"

"对了，Rain，我把照片倒给你。"

"好呀，我去拿手提。你先喝着。要不来点啤酒，小酌下。"

"好好，阳光下喝酒，好情调。但是下午单位有事，不过时间还够。"

Rain 拿出手提，格列拿出卡，连上读卡器："格列，你在单位还轻松？"

"还行。时间挺自由。"

"羡慕呀。"

"你还会羡慕人呀。"

"会呀，我羡慕很多东西，才会不停地找。你多好，知道自己要什么。我不知道，只好不停地走。喝点。"

"你别喝多了。一会儿我得去社里。晚上出去喝，叫上几个人。"

"算了，我就慢悠悠地喝，没准就醉了呢。醉了就上天了。"

格列收拾东西："别喝太多了。改天再聚。"

Rain 送走格列，院子里阳光有点热了，Rain 抱着电脑啤酒回到屋里。放下电脑，Rain 感到一阵昏眩的沉醉，她又喝了口酒，坐在了工作台前。

Rain 闭上眼睛，把那飘带忽上辗转的动势又在心里画了一遍，这样弯转，势往上，不能走老，不然飞扬动态就被破坏了。看见了，抚摸过了。能不能在这样式的踟跌造型里找到她的不平衡，能不能看到那微闭的眼睛里波光的流动？有动容处，仿

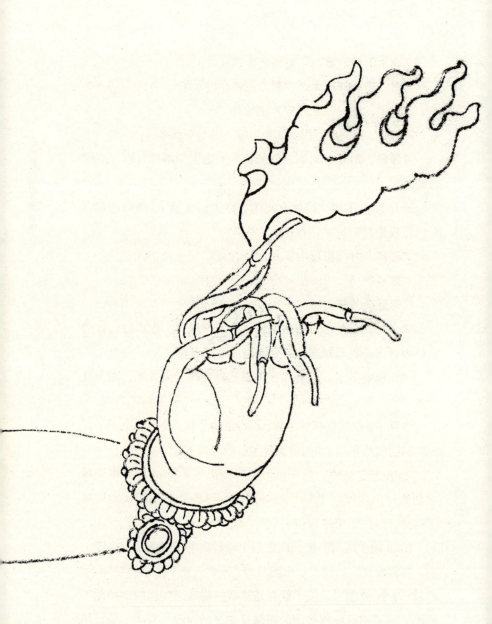

佛菩萨眉眼也有了光。Rain 的手伸向下面，潮湿在慢慢地上来，丰满在慢慢地形成，自我在逐渐圆满。树木在不停发出新的嫩芽，无比繁盛。

贫瘠处开出繁花。Rain 自言自语："念叨这度母的咒子，嗡，声音从鼻腔升到头顶，绕梁转了一个圈，久久不去。庇佑我还年轻吗，不，我渴望老一些，通透些，也就轻盈些，生活给我牵绊结扣，也愿它化作我的砖石做了房子，在砖墙的底部装饰年轻和痛苦挣扎，把这活的毒药做了蜜糖。再上一些的地方，我要刻上如意宝树，盛开着花朵供养度母，祥云在山间生成和盘旋上升。

"记得这个壁画是在那儿，我站在它的面前，屏住呼吸，打亮我随身的小手电，小心凑近，这个地方光线暗淡，拍照是不太可能的事情。把手电咬在嘴里，摸索出背包的本子和铅笔，我一抬头，光柱落在墙壁上，壁画上酥油做的光亮层有反光，我一低头，光柱落在本子上，一低头一抬头，反复几次，咬着手电嘴笑着。突然就看见那眼神，有一丝顽皮和狡黠，好像在看我，你好呀。你好。来啦，来了。她不介意我这样看她呢。你好你好。这个地方安静，连风的声音都没有，你都听到我心跳的声音了吧，这拙笨的呼吸好像有股臭气，请你见谅我的污浊不堪。那低垂的双目向下，显示了内心活泼泼的宁静，完整圆足的生长着的绿度母，左手结三宝印轻盈庄重持乌巴拉花，右手结施愿印从膝头垂下，要完整地临画下来最少也要个把钟头，很愿意这样待在这个地方，就这样画着你。你的每一根线条在我的笔下流淌，其实我什么都没有在想，你好，我画下来，记着，当我离开那的时候，我带走了你的样子，就是这样。已经有喇嘛过来了一趟，远远看我一眼，就走了，打断了一下，我有点慌张，其实还好，这个地方连香客都少有踪迹。好像藏了一个秘密在我的心里，身如琉璃，内外明澈，庄严其身。"

上午社里让卓玛陪着一群内地来的记者身入拉萨古城，寻找新时期拉萨新的地标景点，陪着人去看了一堵墙，叫艳遇墙。卓玛不知道这墙有这个称呼，很多本地人不知道这堵墙是这样一个名字。

那就是大昭寺前门一面对着西边的白石墙。阳光普照，大昭寺正门的青石板已经被多少人膜拜得光滑可鉴，可以印鉴天上的星光。香客磕长头累了，就会把地方让出来给其他的朝圣者，在这堵石墙根靠靠，喝点甜茶，休息一下。

石墙，是质地坚硬的石头，一块一块垒在一起，墙壁每年都会刷一道厚厚的白粉，由着雨水不停冲刷洗礼，每一场雨的轻重缓急，肆意或者轻柔，自成了抽象，神道鬼踪。这堵墙自得尊严，没有人敢在这里留下尿液体味，画地圈起一个地盘。

这个名字出来也是这几年的事情。

中午饭上遇上了一个自称拥有命名专利的小瘦个子。席间此君以地主自称，杯来盏去，极尽殷勤之道："艳遇墙么，这个地方的命名权，是我的哦。我的 blog 点击量高，

艳遇等死，墙。

人气旺，那是相当的。没得说，名字是我起的，现在这个地方都成了旅游的人气景点了。这个地方有几个香艳的故事啊。发呆女遇发呆男，或者露水姻缘，或是修成正果，结成连理。"

经典的入藏驴友传奇是这样的：当过乞丐、摆过地摊、逃过票、搭过顺风车、蹭过饭、蹭过床、睡过沙发、被搜过包、被打过劫、和喇嘛吵过架、和康巴汉子喝过酒、死去活来病一场、喇嘛活佛念过经、在艳遇墙下艳遇过。艳遇哦，发呆哦，美女哦，多多的美女哦，各个国家的美女哦，点击率，转发，受到专访……

那真是一个晒太阳的好地方，也是一个拍西藏风情的好地方。把相机往旁边一扫，就是常年磕长头的人群，往前面和旁边一扫，就是转经的人流，往远处一扫就是远眺布达拉宫和远山，往上一扫，就是寺庙的金顶和蓝天和天上浮着的几朵白云。

卓玛夹了几块豆腐，筷子刚送到嘴边。眼睛瞄到小瘦子名流口沫澎湃的牙齿间一点儿青绿的菜叶，卓玛筷子一抖，豆腐跌落在桌沿边，又翻了一身，落在地上。

有在桌的老人感慨，艳遇墙，等死墙吧。

卓玛发感慨，有了孩子，就没有了艳遇，谁会轻薄一个母亲？

悲心殷殷切切，至深至微。一个女人有了孩子，就变得干净了，不管她过去经历过些什么。干净了，就变得很没有意思了，所以有个世故的女人微笑着说：让所有戏剧性的传奇发生在别人身上吧，我只愿意平淡无奇地度过这一辈子。我只要那些你感到厌倦的日常生活，乏味的无聊的昨天可以预知今天，

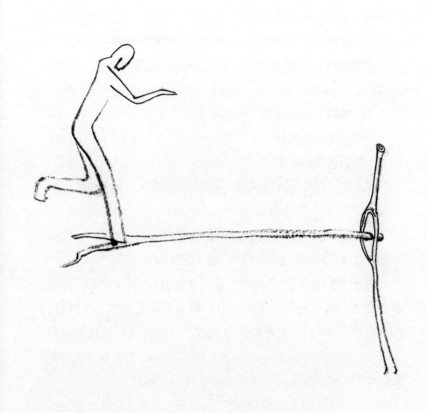

今天可以看到明天的日子。

这个空间呈现不寻常的停顿，不作为，因为什么都不做，一瞬间，恐慌变得恶毒了。

"吃菜吃菜，喝酒喝酒。"几个人不约而同举杯。

杯酒觥错，酒足饭饱，一群人互相提携着走到大太阳底，寒暄着散了场子。

"卓玛姐，今天格列兄怎么不见？"

"哦，他有事要忙。"

"我们再去逛逛街。"

"不了，单位下午还要忙，要编一组稿子。先去单位休息一会儿。"

卓玛回到社里，还没有人，她接了杯开水，坐在桌子前，丢进去几朵干玫瑰，打开电脑，看了回新闻。

打开一个链接："王爷爷"及"王奶奶"。双双失智，却能通力合作一起"对付"看护人员。两人"即使遗忘了全世界，也不会忘了彼此"。王奶奶短期失智，只能记得那些深刻的美好记忆，记得一个让她心动的脸，她喜欢的碎花衣服，她兴高采烈地对自己说：明天我要结婚了，那小子真帅。

卓玛看那干的玫瑰浮在水面上，颜色一点点变淡，慢慢打开花瓣，淡淡的花香随着蒸汽扑到鼻子里来，几片变白散开的花瓣慢慢跌落玻璃杯底。要回到少女时代。卓玛的红裙子是娃娃领镶着白色的蕾丝花边，泡泡袖，红裙子上印着小小的白色小花朵，乖巧地盖住膝盖，露出一截笔直的小腿，一双白色球鞋火红的鞋带细致密密捆绑，规规矩矩系紧带子，划了一个蝴蝶样的结扣。

　　同事陆续进来。卓玛打开邮箱，开始下载稿子。

定制的藏装

Shine，挺不好打交道的，人显得挺清高。听说她和一个有钱的香港老头关系挺亲近的，有人传这两个人有些不太清楚。听说她的店就是香港人掏的钱。好歹算有钱人，这手笔真小气，多小的店面，干巴巴萎缩在宽敞的店铺门面之间。Shine 没事的时候，总是坐在自家小店的一个高凳上，慢悠悠地玩着自己的手机。

下午五点，Shine 的店铺生意有些清淡。Shine 跟 Rain 打电话突然说自己要做一套藏装："Rain，你也给自己放放风，出来转转。"

从光明茶馆外卖了一壶甜茶，快下午六点了。Shine 跟 Rain 坐在店门口的长凳上。那家店铺大约就是六平方不到的样子，挂满了衣服裙子，还卖一些饰品。Shine 主要的衣服从成都和云南上货，她卖得死贵，一刀横下去尸骨无存，你得为与众不同的文艺范付出高昂代价。"我的衣服是艺术品"，Shine 坐在凳子上，晃着一双夹脚拖鞋，穿了一件吊带细苎麻印花长裙，梳了一条长辫子，晃动着手里的香烟。Shine 就说了句去做藏装。

Rain 问她是短的大襟，还是现在满大街阿佳改良后的拉萨修身长裙。"都做"，Shine 说。她俩到了西递寺旁边的一家定做藏装的房子，这个房子开了门里面长得像根肠子。靠墙壁支了两排板子，墙上挂着成品和布料带毛的羊皮，板子上在打版，划了线的氆氇，剪成一块块的堆放着。这地方短大襟做得挺有名气的，经常有老外七拐八拐走到这里。用料多以氆氇为主，选好衣料，量个肩宽，比划一下长短就差不多了。做衣服和接待的人都是男人，那个接待的小伙子说，这是男人的衣服呀。就是这个，没错。女孩穿。我们就要这样的。小伙子就不怎么说话了，来这里的老外多，稀奇古怪见多了。

交了定金，顺道去看西递寺的废墟，沿着残垣断壁往上爬，Shine 站在断墙上手机自拍后似乎有些感慨，Rain 转过了头，不知道该怎么接这声感叹："喂，你还去三七做淑女装吗？"

"嗯嗯。"

"既然敞开了做了男人式样，何苦又去把自己绑得跟粽子一样？走不得路喘不了气？还嫌缺氧不够？"

"你穿过？"

"尝过鲜。那个裙子不好穿，虽然腰束得紧张，却很难体现胸线，总觉得胸部的线条极其模糊，可能跟衬衣的交领有关吧，要不就是裙子是直线剪裁，曲线是靠腰带勒出来的，束缚的美感是腰带束出前腹板整，腰后裙子整齐褶线的对比效果，虐心的美感。你要变性情了吗？"

"就那么回事吧。我想被归纳了。找个好人嫁了，安安静静过日子。"

"有人了？"

"正在度娘搜索中。你知道我为人处世的经验全是恋爱里得来的，这就像找工作一样，不是试对而是试错，然后一次一次就越来越好，越来越知道自己要什么，知道如何拿捏分寸，知道人要为自己打算，为自己提要求，我 Shine 自己开着小店，看着人来来往往，心跳就玩两把，不愁吃喝，自己做主。"

"那就去做呗。冬天再做一件撒花的羊毛袍子，像个地主婆一样守着家里的金银宝贝，羡慕死了人。你到底要把自己搞成什么样子。"

"你的脑筋怎么就一根筋？到时候你得送我一条羊毛的邦典，'夏扎白萨'或者'察绒白萨'你选哈哈。围在腰上，一片细条条的彩虹，'降'在驱邪内心的魔鬼，让我回归纯净安享现世风光，生命在三十岁的年龄里闪耀。"

"要不撤吧，一会儿太阳下山，这个废墟就有些感伤了，小胳膊细腿温柔娴静的人实在不应该这么重口味。"

"我们这就下去，过了街不就是三七么。刚才量身材太不过瘾了，一会儿细细量黄金比例肩宽，胳膊长，腰围胸围臀围，具体到 mm，那才是做衣服的样子，既然定做，就要有点派头才好。"

"你这狼是疯了。有人觉得你有罪，一定有办法逃离的。别假装你不懂。你不觉得男人没意思透了吗？你是个聪明的人，你不觉得男人太搞笑了吗，自以为是，没有节制地要求讨好和献媚，他以为他是谁呀，他值得吗？你就不觉得自己委屈和不值得？"

"你懂个屁。用得着你来管我吗？你是我的谁呀？"Shine冷冷说完，头也不回往前走。

"我为你好。你知道不？你这个傻瓜，王八蛋。"Rain冲着她的背影大声说，周围几个玩耍的小孩受惊地冲她看了一眼，又继续玩他们的游戏。

"那你还不一起来，我们去吃饭。"前面的背影停了，"要我等多久？"

"你这个混蛋，等等我。"

她们一起走出这个被称为西递寺，也叫喜德林的废墟，据说这里有一断残垣有一幅马头明王的壁画，不知道是真的被雨水弄没了，还是被某个有心人请到了某栋建筑里，也许在某个城市冒险家的收藏里。这里就是几面墙壁的废墟，有些破旧的石头和发黑的木头被砖头压在石头下面，一些小孩在断壁上玩着平衡的游戏。

天空中的蓝色逐渐深沉，路灯亮了。

Shine说："你知道在一部电影里，夕阳的天边还有最后一丝天光照在大地上，一人将头埋进一个废墟的一个洞里，许了一个愿望，镜头摇向苍茫的大地，火烧的云彩灰烬火星渐渐熄灭，风一吹，天空变成深湛的夜晚蓝色，一轮白月亮不痛不痒照在城市上空，留下足够多的高级黑暗，将白天留给那些纯洁的人吧。不要论断我是有罪的，你只是不懂，不在我的生活里面，就想要来指导我的生活，太可笑了。"

这话听得有些没头没脑。Rain 在路边停了下来。她停下来，试图去抓一些特别的词语，这些字让她在一瞬间有些模糊。灯光辉煌的大街上升起一层薄薄的雾霭，声音和灯光被碾压割裂糅合在一起，轰隆隆气势，辉煌煌的颜色，Shine 就这样勇敢穿过大街，如入无人之境穿过车流，她进入了一家亮着灯光的店铺，她的身影逐渐融化在灯光之中。蓝色的天空在加深它的颜色，黑沁到黑色上头，一些深色的招牌逐渐隐身，Rain 站在黑暗处越来越远。

有人从黑巷子里出来，撞在 Rain 的身上，嘟囔一句对不起，又快速向前走去。Rain 也开始走着，她遇到的人，一个两个三个四个五个六个七个八个九个……

电话响了，是 Shine，声音亢奋："你在哪儿，赶紧过来。"

"Shine，你慢慢挑吧。我约了一个朋友。不陪你了。下次再约吧。"Rain 挂断电话。调转方向，向家的方向走去。

酥
油

Rain 在这个人潮涌动的黄昏想到她朋友的一个作品。

她的朋友在欧洲火车上做了一个行为艺术，在火车窗户玻璃上沾了一块酥油，然后酥油慢慢融化流淌消失，其实那块油在那样的语境下就像身份被模糊一样，在异乡他用很熟悉的乡愁追悼身份的消逝。

她曾经对那小子说这个作品如果脱离了西藏语境其实很弱，酥油的辨识度不高，语言很地域化，如果要问意义，那是他在行走中的一声叹息，我是谁，我从哪儿来。

那小子坚决地说，这个作品关键的是对他而言很重要，在那个时候，他是一个面目模糊的亚洲人，没有清晰的身份，一小块酥油，是他味觉化的自我身份，消融是对身份模糊意向化过程的象征，在那个融化的时间里，他觉得温暖的悲伤紧紧包围着他，那淡淡的味道让他眼睛湿润，他努力克制让自己看上去正常。

他说，你瞧，很多人都努力让作品的体量更大，更加醒目。我们被轻易看见，被更加刺激地看见。有时候我会反感这样被强加的视觉。我想你和我说的是两回事，你觉得酥油的呈现应该是拉萨这种感觉，随处可见，到处都是。是的，在西藏就是这样融入日常需求和象征的物品，在另一个地方，它则变得隐秘和模糊，和我对自己的判断一样。我的身份的模糊也让我变得不安和恐慌。看，那是一个谨小慎微的作品，和那一刻的我是一样的。

Rain 走在路上，酥油的意义在西藏，它们被紧紧包扎，大块以纪念碑的规模和数量集中体现，空气中充满了这样的气味。

Rain 很忌讳谈家乡之类的话题，特别讨厌谈过去，都翻篇了，老是回忆，算过好当下了么。真正活在当下，就那么难么。没有人知道她从哪里来，她的过去是什么样子的做过什么事情。有天，她突然冒出来，说 Hi，我叫 Rain，然后大家都叫她 Rain，你好。你住哪？我住在团结新村。你从哪来？我刚从家里来呀。去喝甜茶呀，酥油茶？好哈好啊。给 Rain 起了外号，是堆龙边巴干的好事，她好心跟他学藏语，他教她"古同皮"是问候的意思，然后格次罗次诺次罗布普布大笑，坏笑着干了一杯啤酒，Rain 指着罗布："古同皮"，罗次的半口酒喷了出来，普布呛了嗓子咳嗽不止，诺次从座位上滑了下来，好吧，大家都好，古同皮，就像她说"夏布大"，干杯，一口喝掉杯中酒："好吧好吧，我把在座的觉拉哥哥们兄弟们的裤子一家伙一句话一个问候语全都扒了下来，也是你们教的嘛，我干吗要脸红，还是半生不熟好玩。"

Rain 笑了起来，人来人往，难道只有她的时间与众不同？

卓玛院子的草丛里边角水沟旁小道边都长着荨麻，不小心蹭上了，身上又麻又痒，一片红肿，半天不去。为了追在草丛里撒欢的小狗，卓玛带了厚厚的手套，用大剪子剪了那立在院子边角的荨麻枝子，过不了半个月，又是一片。这萨布（荨麻），阴凉处长着，大太阳底下也长着，那叶脉就像是老妇人脸上的褶子，褶子里布着密密的针，密不透风地防御着牛羊柔软的大舌头，借了它的庇护，荨麻下的青草长得也格外葱绿自在，馋得老牛围着荨麻转圈，急红了眼睛，伸长了脖子去够，又提防着刺，左扭右拐，脖子上的铜铃铛隐匿地微微晃动，没有声响，却有着谨慎的焦虑和渴望。

牛羊碰不得的东西人吃得。到了夏天，八角街的市场，长长的巷道入口，都有人在卖荨麻嫩叶子，塑料袋敞开，还刚采了来的，放在地上。怎么吃法，问老人，说是搁在面疙瘩汤里，好吃得很。这个也能吃？翻翻书，这个是尊者米拉日巴的粮食。

卓玛生孩子前在乡下朋友家住了几天。

荨麻萨布

相比城里，是很简单的三餐。早上是酥油茶一个鸡蛋，中午是糌粑，晚上藏面。那个鸡蛋是对客人的额外款待，朋友家在农区算是中上等的家境了，会有偶尔的一两顿炒青笋丝，面条里一两片风干羊肉，就把面条弄得很香了。没有过几天，就想起拉萨满大街的凉粉凉面炸土豆，觉得拉萨离不开，离开了也牵挂着。从内地跑到西藏，梦里头都会回到妈妈的厨房，你往简单再简单处走，生活中一点儿动容都成了修行。米拉日巴，米拉日巴，西藏人民都知道他在喜马拉雅的山里苦修，以荨麻为食，所以关于米拉日巴的修行造像，都是一个瘦骨嶙峋，长发披肩，跏趺在山洞的样子。人们口口相传他的道歌和大法力，也说那常年的苦修食用荨麻这样食物以致身体变成绿色。

唉，卓玛某些时候想得太多了。居于闹市，车流声浪滚滚。那院子的荨麻长得疯快，再过几天又要收拾一遍，刮过一阵风，院子脏了，要马上扫干净，肚子饿了，要去买点菜回来，开火做饭，也可掐了这院墙里的花草的嫩枝子焓炒一盘小菜，供养这现世的胃很重要。

风的袖管不知道从哪里带来些种子，悄无声息就长满了卓玛的一大半院子，一株曼陀罗在艾蒿灰灰菜丛里格外明显，长得一个人高，靠近根的茎有两个指头宽，这里发出一枝，那里发出一枝，张扬着大叶子长成一棵树的样子，顶着长刺的蒴果；一些张大人密密地傍着曼陀罗，摇摆着柔软的腰身，把朵朵白的粉红的八瓣小花顶在头上，纷纷开成一片，矮一点儿的金盏花婆婆丁碎米荠车前草随意点缀着地面，当药的花，有毒的草，解心的苦。

观世音菩萨流了一颗眼泪。

拉萨日常之光

青稞

稻米大麦小麦燕麦长大在土地上的样子，风一吹过来，泛起层层的浪花，让人在一瞬间觉到现世的安稳，粮食是安全感的最后一根底线。

卓玛曾经有将近十天的时间只食用白米饭，无盐无糖无菜，在没有任何其他味觉刺激的参与下，平常吃的大米味觉感受一点点活起来，从虚弱到强烈。它的清香和黏度，在牙齿和舌头间婉转流连和拉扯，一点儿一点儿感受到米粒间力量的强大，香气布满整个舌苔。

夏天，卓玛最爱到小区外那片即将规划的青稞地里去，青稞比稻子气势要大，茁壮，穗端带着长长的芒，是一把把锋利的匕首，不敢轻易去触碰和调戏。青稞地是地，不是水田，走在上面不会有滑下去的危险弄湿鞋子，不会那么小心地走在上面，只管顾着脚下。卓玛可以抬头四望远处的山，近处有一条河，只可惜看不到，看到周围的山，山上的云，云上的天空。春天的青稞地是一块块整齐的草，夏天慢慢长高，中间伸出一两点油菜花和豌豆花，秋天变成一片金黄，它变得微微有些沉重，因为颗粒是如此的饱满，沉甸甸的一片黄。

"今夜的青稞只属于他自己"，其实心里有着决绝的勇气而又苍凉幻想昨天晚上的那场暴雨落下来"悲痛时握不住一颗泪滴"，泪水和雨水往下，青稞像是所有情绪的孩子和母亲，感伤里却生出往上的决心。那次，在江孜那片绿色的青稞牧场里，卓玛采了一穗已经包浆的青稞，一颗颗地剥皮放到嘴里，清香略有汁水却又柔和坚强，那绿色向上的芒刺还柔软着。向上的芒一枝枝地伸向天空，总是会在内心生出象征的意味，最后想到所有粮食在成熟后的坚硬，心会出窍游走：我的骨骼雪白却长不出青稞。

人是很迷恋事物的象征性的，把象征性的诗歌体验用仪式体现出来，体现了万物生命庄重的本质。把物质神话，让人微小，这是一种关于人的古老童年记忆，敬畏得说供奉。把世界上最美好的物质与善意，供养诸佛菩萨，从而迅速地获得福慧二种资粮。

青稞是这个高原上美好的物质与善意。在《西藏王统记》里，它是观世音菩萨最慈悲的怜悯。它原本不存于现世，菩萨怜悯高原神猴与罗刹女育下的那群饥饿的儿女们，老猕猴便返回普陀山求助于观世音，遵圣者之命从须弥山取出五谷种子，撒向大地，大地不经耕作便长满各种谷物。猴子们吃饱了喝足了，尾巴变短，能言成人。在这里，土地生长供养万物，人由着魔性和佛性自由生长进化规范。

春播时节，全村的老少穿戴齐整，把犁具和耕牛披红挂彩，念经请求神的恩赐后才破土耕种。秋收前的望果节，农人每年第一次收割了新青稞，都要带来寺院，供养三宝。

在吉祥的日子，人们到寺庙及神山圣湖等灵地煨桑：在牛粪火堆上加入香草香树和青稞糌粑。据说，神灵闻到香味，便欢喜起来，就会赐福于人。在向护法女神祥天母祀祷和向她占卜吉凶时，也要用紫色的青稞供养。

一个佛教徒在结束一次念经诵咒之后的供曼遮，就是手结供养手印，并把手心里的青稞粒向空中抛撒，以供养和感谢降临的神佛，获得庇佑。

在这片高原，青稞以及青稞制品参与一切仪式仪轨，是精神的药也是现实的药，供养着人的身体，也取悦着神鬼，通达天地之间。

有人吃饱了饭，打着嗝，敲敲筷子敲敲碗，现编盐井加加面之歌：

盐井加加面，

头上顶着肉，

一口吃七碗，

出去撒个尿，

再来第八碗；

一碗一口面，

吃完到天堂，

姑娘脸蛋圆，

姑娘脸蛋香，

一口红苹果；

碗儿排排坐，

牦牛尾巴长，

牦牛尾巴壮，

她家狗儿凶，

想她南山墙，

陪我入梦乡。

糌粑

诗意往严肃正经迈进，理想主义在高原遗存几粒种子，种在挑逗下的诗意下慢慢发芽。

糌粑对拉萨人来说，有越来越稀罕的特点。这个时代，人不需要粮食，它不刺激，过于温和平淡。一切都过于刺激了，视觉的听觉的嗅觉的，必须添加塑化剂，浓化柔滑口感，管他什么癌症呢，是因为未知，同样也是知道和不知道之间，想当然被动知道也就入了套。

糌粑，青稞炒熟磨成粉就是糌粑，加上酥油茶抓巴抓巴，攒成团子，比泡方便面还简单，或许是青稞磨得粗吧，比炒面还要刺口，天天吃，一天两顿下来，胃里抓挠一样。村里的小卖店买了两桶方便面，觉得好吃，那些曾闻了就想吐调料味一瞬间不讨厌了，有味道呀。糌粑，这个民族的人能够吃一千年，怎么过来的？美国著名中国问题研究专家鲍大可（A.Doak Bamett）在《中国西部四十年》（China's Far West Four Decades of Change）一书中对糌粑的评价："它有些像波特兰水泥，对于我的舌苔来说，它的味道也像是我想象中波特兰水泥的味道。"

吃糌粑的机会，一般是藏家宴上。十几个人围坐，大盘子里搓成比一颗花生略大的糌粑团子围成一圈，分配下来一人一个。在肚子里塞满了牛肺，牛舌，血肠，羊排牛肉，饺子馍馍之后，放在嘴里，糌粑里加了奶渣子，咕噜一口，算是一顿藏式宴席交代完毕，它是什么味道，其实早就不知道了，像是一个仪式，必须的。这就是态度。

很少的人再钟情这种古老的食物。老人们会一天中把它作为早餐，打上一壶酥油茶，碗里放上糌粑，倒入茶水，五根手指在碗里把糌粑粉抓成团子，就着茶，慢慢吃。在家吃早餐的话，一般就是这样。但是凡西藏的土产，都得打上神奇的标签，现在有一个说法，糌粑是天然食物里面营养最丰富的。广告词是这样的："高蛋白、高纤维、高维生素、低脂肪低糖"的结构组成，是谷类作物之佳品，藏族的传统主粮。糌粑不仅口感香郁，更具有营养与保健双重完美价值，备受世人推崇。炫目的数据这样说："平均营养价值公认超过谷类作物数十倍，学术界普遍认为具有降血糖、血脂、胆固醇及增强免疫力的保健价值。据说是糌粑中的 β - 葡聚糖有野心和燕麦堪得一比。"一时间，拉萨人们又热心糌粑，那是神的谷物，拥有未知的能量。糌粑这样尊贵，所以都留给年老的长者享用。翘楚的保健品，买给老人最合适。拉萨最常见的古荣糌粑品质拿不出手，更好的糌粑是白朗糌粑江孜糌粑。炒好的青稞冷却后用水磨慢慢磨成粉，再把糌粑中的杂质去除，就是喷香又白净成品糌粑。

　　阿初的王子，从蛇王那里盗来青稞种子，被罚变成了一只狗，土司的女儿爱上了他，他又恢复了人身的英雄：

藏民有了青稞种，弯弯杜鹃做成犁，两只马鹿拉犁耙，
两粒种在雪山顶；杜鹃犁头不好用，马鹿拉犁拉不好，
雪山不长青稞芽。又用柳枝做犁耙，两条金鱼拉犁耙，
两颗播在湖泊里；柳枝犁架犁不成，金鱼拉犁拉不好，
湖里种子不发芽。再用栎木做犁架，一对犏牛来拉犁，
两颗种子撒原野；栎木犁架真好用，犏牛拉犁拉得好，
地上种子真发芽。青芽才露地表面，绵羊便想来吃芽，
耕者围刺把羊拦；幼苗长到一拃高，牦牛悄悄想啃吃，
农夫架篱防牛来。青稞苗儿正结穗，骏马伸嘴来啃穗，
筑道围墙防马啃。豆大汗水洒满地，青稞终于长成穗，
一穗结了一百粒，一粒青稞拇指大。人间有了青稞粮，
日子过得真甜美，一日三餐不愁吃，顿顿还有青稞酒。
人人感谢云雀鸟，万众珍爱青稞粒。

　　嗨，带好自己的"唐古"（糌粑皮口袋）。

在小区的市场，能够买到柿子椒灯笼椒两条金牛角椒大角椒。西藏的墨脱有着据说是世界上最辣的野生辣椒，辣得能要了人的命。拉萨口碑好的是后藏的朗县辣椒，鲜辣，口感好。在藏历春节前后上市的本地青辣椒，能够卖到十五块钱一斤。辣椒也不是什么稀罕东西，价高，实在追捧的结果，好这一口，有人就往日常心口捅刀子，还买账，实在是喜欢。

西藏人民吃辣椒是很上火的，挺辣。蒸牛舌头的佐料就是一碟干辣椒面子，血肠也是，羊排也是，牦牛肉风干肉也是，藏面是饺子是，生牛肉片蘸辣椒面生牛肉末调辣椒茴香夏布劲是。估计，如果没有辣椒，那么多的肉和馍馍送下胃去，还是挺难，所以辣椒一路先锋，鼓舞打气，通畅道路。女侠开餐吧，有两道牦牛牛排极受欢迎，叫康巴牛排和康姆牛排，两者的共同点就是煎好的牛排上一层干辣子面，这个康巴亦然是辣死人了，康姆牛排更过分，就像泼妇舞刀弄棒绝尘杀来，彪悍得让人心口疼痛。推而论之，点这康姆的大侠们

藏式辣椒辣酱

真是惹不起，辣得决绝，强悍得绝对控制，能够把脱光了男人一脚踢到床下：给我滚蛋。真舒坦。

藏式辣椒的做法真的是单纯辣口辣心，拉萨人吃辣椒面是不过油的，用开水或者凉开水冲调辣椒粉，加点盐，就算完成。辣椒味道特别彻底，冲头很足，辣，就是辣，能够冠以藏式，跟它加入的香料有关，会加入藏茴香和藏藿香，辣味里有蒿草的香味能够把辣味丰富层次化，配着藿香味道浓烈。藏式辣酱，辣椒调水，入香料，装小瓶，完成。此物辣微辣中辣疯狂辣回转高潮，请酌情尝试，辣死人是不犯法的。

辣主，是这样练出来的：将肉厚红辣椒的拿来糖醋凉拌，和东北的老虎菜又是不同，简单直接，除了第一口的辣，然后发现后面藏着丝丝的甜。在烧辣椒煨辣椒蒸辣椒泡辣椒白辣椒红辣椒咸辣椒辣椒酱豆瓣辣椒豇豆辣椒刀豆辣椒的战火锤炼了。西藏的这辣椒味道对极限人生是如鱼得水，餐餐备着，辣味"砰"的一声在口里炸开，促进食欲、开郁豁闷，疏表散寒、祛暑化湿，解油去腻，再来一碗。

一则藏式辣酱的广告：xxxx牦藏地香辣酱秉承传统古法制作技法，以面酱，辣椒，豆豉等原料精心调制，真材实料，风味独特，辅以精选正宗的藏式调料，由特级大师精心主理，产品色泽红亮，藏风味，是居家、旅行的便携辣酱，同时也是酒店、餐饮行业制作佳肴的绝佳配料。——谁笑了。

梦露对詹妮说："你为什么就不能把我当作第一夫人来看待呢？"

杰奎琳在电话里说："玛丽莲，你会嫁给肯尼迪的。这好极了，然后你就会搬进白宫，承担第一夫人的一切职责。而我呢，我会搬出去的，一切问题都留给你。"

　　杰奎琳被这些风流韵事"逼疯了"。

　　是的，没错。到最后，她什么都知道，她甚至还知道丈夫的情人们的评估等级技能之类的一切方面。杰奎琳药物上瘾，大剂量使用安他非明会引起精神错乱、思想障碍。

　　梦露是自杀还是他杀，还是被人诱骗，这到底是个谜，谁也说不清楚。一个美妙的身体，让隐藏的恶劣现状出现希望的曙光。随着时间的流逝，改变的不是主题，而是那些性感照片的色调，串起的不连贯的本能欲望，攒了多少人的绝望和多少精疲力尽的危机无法满足的爱，诱使男人犯错，让女人崩溃，加大紧张，为次序注入新的混乱，控制和屈服在不断强化，不停拉开序幕，从来不会厌烦没完没了。

阿佳

阿佳卓玛早上七点就起床了，看了躺在身边的儿子，小家伙闭着眼睛，让他再多睡一会儿，校车八点到。在生完孩子后，卓玛像个藏族女人一样迅速改变着体态和容貌，她胖了，身体圆鼓鼓地被吹了起来，身体里住进去了满足和庸常，百无聊赖使得面目变得和周围的人群融合，再过上几年，她就变得像一个阿佳，一个藏族女人，和朋友们谈论着孩子和减肥的种种妙法方便窍门。

打开煤气，坐了一点儿水，放了一盒牛奶，小家伙居然早上要吃三明治，两块面包，一个荷包蛋，从冰箱里拿了一块已经卤煮好的牛肉，切了两块，搁在平底锅的鸡蛋旁边，一会儿就好了。

"宝贝，该起床了，自己穿衣，刷牙，一会儿早饭就好了。"卓玛推推孩子。孩子挺懂事的，一个五岁的孩子，自己的事情就基本上能够自理了，这大概是老天赐你一个不靠谱的丈夫，却给了懂事的孩子，那么小的一个孩子却比大人还要节制自律，是老天给卓玛的最大财富和羁绊。卓玛说这样一辈子也挺好，一个伟大实用的藏族谚语说：

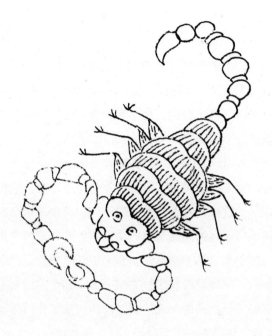

闭着眼睛过日子。

　　卓玛眯缝起眼睛，揉揉，一粒沙子掉了下来，粗楞楞的。卓玛刚到拉萨的时候住在山上，宿舍跟一个山洞一样，其实那房子确实是在一座山的岩体上挖出来的，无水，取水要到下面两百米的尼姑庙处。

　　提着一个能装十斤水的塑料桶去提水。

　　"阿姨"，一个岁数比卓玛还大的阿尼，在水井边相遇，这样叫她。那年卓玛才二十岁不到，有着十八岁该有的水嫩光华的皮肤和容颜："啊，您好，麻烦您开个锁。"这自来水龙头上挂了一把锁，取水都要到阿尼贡布（尼姑庙）去取钥匙。有时候尼姑们在念经，卓玛就侯在门口，听那诵经声阵阵传来，也不用待太长时间，取了钥匙，接了水，洗了菜，接着锁好水龙头，送还钥匙，上山回家。

"她们怎么叫我阿姨呢"，嘀咕着沿着山路回到宿舍。所有的大人小孩连老头都叫卓玛"阿姨"。大约是善意，他们都带着笑说的呢。把这疑问藏着掖着听着没问。后来卓玛结婚搬出宿舍，住到单位小区的周转房里，小区的人都叫卓玛"阿佳拉（阿姨）"的时候，她已经有小孩了，还好没有成为"嬷拉（奶奶）"的岁数，卓玛已经有了过完了一辈子感觉。所有人都觉得阿佳拉卓玛是个幸福的女人。该工作的时候工作，该谈恋爱的时候谈恋爱，该结婚的时候结婚，该生小孩的时候生小孩。小区看门的大妈已经把卓玛看成藏族女性，每次进出门都要用藏语问候聊天几句。

"阿佳拉"，这个针对已婚妇女的专用名词用在一个藏族妇女的身上时间很长，一直到有孙子，头发白了升级做了"嬷拉"为止。卓玛听说蜜蜡能减肥，赶忙把那蜜蜡翻出来，挂在脖子上，定精定神宁神，让她身体苗条。她牵着孩子，背着他的书包，出门去等校车。一路上，所有的人，大人小孩老头太太都叫她"阿佳拉"，休巴德勒求珠德勒空珠德勒，阿呀列松，突及其，切让。早上好呀下午好还有晚上好我明白了谢谢你呢。

卓玛送走孩子，赶忙去报社上班。

卓玛这个小区从路口到住的地方将近五百米的路上，才有一个公交站台。从家走到公交车站，要过俩丁字路口，一家买卖旧家具的，一家定做佛像的，两家电焊金属门窗楼梯的，四家甜茶馆，三家录像厅，路边散落着台球桌子，卖糌粑砖茶的小店一家，零售饮料百货的小店也兼卖藏香有四家，有日用扫把水壶日用品五家，卖菜的铺子四家，三家卖牦牛肉的店铺，一个小小菜市场，路口集中几家早点卖面的炒饭卤肉店，口味差到没法吃。

卓玛这条街在拉萨名声很响（绝大部分出租车司机在晚九点之后拒载到此，尤其是在旅游的旺季），因为酒后激情拒付车资，抢劫恶性事件偶有发生。弯曲的石板路上，卖土豆的地方很多，偶尔还有三轮车叫卖：硕果，硕果（土豆的藏语音译，有人翻成雪果的）。有三个卖炸土豆的摊子兼卖酸辣粉。买上一碗酸辣粉，必定捎上一袋炸土豆；或者买上一袋炸土豆，捎上一碗酸辣粉。承受一袋炸土豆（片或者块），肚子就饱了。卓玛的早餐通常就是这样，如果你对吃的东

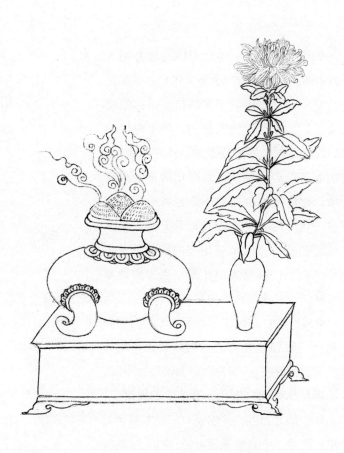

西要求少点（估计在哪里都一样），吃饱是很容易达成的愿望。更多的时候，人的饥饿是精神性的，很多摄入的食物，其实是安慰我们的饿鬼灵魂，虽则通过了胃。

卓玛路过甜茶馆，一个老头坐在长凳上，长几上甜茶壶旁边搁了一盘红皮土豆，一盘煮熟的土豆，个头小小的，红皮的。啊，本地土豆上市了，今天碰着了。

是晒了太阳，个头小也许是土地贫瘠，大个的拿到市场上换钱了，早些上市的本地新鲜土豆能卖到三块五一斤，土豆好吃。后藏日喀则的土豆好吃，沙土，日照长；拉萨周边县的沙土土豆好吃，尼木县是山地土豆好吃。因为西藏的就是纯天然的，无污染的。土豆，土豆，煮土豆炸土豆土豆包子，吃不完的土豆，天天吃，月月吃，从春天吃到冬天，又从冬天吃到春天。土豆土豆，怎么能不是"硕果"？吃到嘴里粘扯着香气，卓玛买了一斤熟土豆，来一壶甜茶，自己吃两个，其他就会被同事瓜分完，说着香呀香呀，结结实实的满足。办公室一阵高跟鞋敲着地板声响，几个同事回到自己的桌子，打开电脑编稿干活。卓玛，同情与每一个人，没有给任何人带来压力和刺痛，办公室的同事们都喜欢她，把她当成知心的姐姐阿佳拉。

药王山菜市场

　　下午雨还没下来的时候，格列去一个诗人那淘旧书。格列说要找一些资料，市面上根本找不到，只有他那有。这个诗人的诗歌供养不了肉身，靠在网上卖旧书过日子，他以收垃圾的价格不管好歹论斤买了书来，一堆堆地放在屋里，平日里摊开来细细整理，拍照做档，在网上开店。

　　那是一个诗人。格列突然想起一个人，拉萨某诗人在某施主的赞助下，自费出了一本诗集，想想会不会是这个人。很多年没有读诗了，在某一段时间，他身边的朋友全是诗人，他们像一个个小小的太阳，闪耀着，在文字的昆仑山脉上跳舞，和光有着血缘上的连接，耀眼而又脆弱。多少年后，当年的诗人们鸟兽散尽，偶有聚合，举起酒杯时却看见一声长长的叹息沉入杯底。

　　格列想到的那个人，好像是一个女孩跟他说的故事，像是一个传奇。可能是真的吧。那个女孩眼睛闪耀，突然感到相同的东西，就是还相信有一种人突兀地活在山巅之上，用死磕的精神感动着每一个流淌到他身边的人，会有一两个脑残级别的铁丝钢丝爱上他，陪伴他牺牲捆绑自我成全自己，相信那触感体验从白色乳房到红的血，黑森林的秘密被妥帖翻阅和珍藏。

这样人总是让格列感动异常。

那片小区规划和建设大约在九零年代，独门独户，每家都带着一个六十平方的院子，一个敞亮的阳台，一个二层的小院。一个圆脸的红衣女子开了院门，一条铺着石子的路通向房子，路两边种了菜。她指着一畦排着的火葱和蒜说，别看地方小，这个够吃的。中午还砍了颗白菜。是秋天了，西红柿上有叶子黄了，还挂着两个青红的果子，靠墙角南瓜藤的叶子萧索，明明白白躺着三个瓜皮泛黄的小瓜，是真的种了菜来吃的，刚刚砍掉的白菜帮子还散落在地上。田园梦落在实处的人是很少的，在院子里种菜的还不多。

诗人话不多，还有些拘谨，女人张罗诗人泡茶。

阳台上搭了一个棚子，棚子里放了那种带着皮的杉木做的桌椅茶台。在院子里坐下，诗人请格列喝茶，这是个黑瘦的中年人，说话口音还很重。格列说明来因，因为要找一些老资料，别的地方找不到，特别到他这里瞧瞧。诗人很谦虚，说说好不容易来，先喝茶聊聊天，请老师指教一类的话，格列也是谦虚异常的人，两个人就格拉长格拉短地聊了一会儿天，他说，那老师上楼去找书吧。穿过客厅，在楼梯口发现二楼的墙壁漆成了土黄色，黄彤彤地罩在头顶，如果灯光再昏暗点，就好像进了小寺庙似的。从楼梯口起，就是一堆一堆的旧书，这书什么都有课本教材小说，出版时间都是十年前二十年前的。

诗人应该怎么活着呀。要是指望稿费，死了几千次都不止了。如果诗人没有指望这个，为几个字消耗这么多的时间精力，又图什么？人哪。

院子里，诗人和女子在弄一个小小的地。春天里有一朵豌豆花被微风吹，被阳光照耀，它有自己的蜜糖和毒酒。以前龙王潭那有个卖旧书的，格列在那还淘到一本骆一禾的诗集。后来那个人不见了，格列叹息了很长时间。

这些书真的也挺难找到了。翻到一个八十年代女诗人的诗选，薄薄的册子，黄底黑色的仿宋字。格列一直在找这些。格列已经很讨厌进书店了，他认识的一个诗人早就不写诗了，早就不写了。曾经在他身旁的那个女子走了也正常，今年的青稞地不是去年的那阵风吹过，他娶的妻子并不是他喜欢的类型，卓玛厚道，是过日子的好老婆。

格列在旧书堆里慢慢翻检，直到大雨下来。这个小区石头砌成的围墙和水泥路都是大小整齐一模一样的，七拐八拐的，陷入一片灰蒙蒙的雨帘。

雨淋坏了焦头烂额的人，菜市场的垃圾正准备被清理上垃圾车，也因为这突如其来的雨，腥臭的水来不及流到下水道，就在街面上漫延开来。卓玛跑到一家水产店的台阶上，躲开这气势汹汹的雨，忘了带伞。她看看手机，是赶不回去接孩子了，拨到格列的手机上，又是不在服务区，无人接听。卓玛自责要是就在小区附近随便买点什么就好，因为提前下班，就急巴巴赶到这里，被一场急雨堵在这里。菜市场飘散的味道，廉价的，浓郁的，腐烂的，燥热的，是水里带着血的脏着泥的，是阳光晒不化的翠绿和娇艳的，就这么冒冒失失在雨中颤颤抖抖，垃圾堆里一两片嫩菜叶子被雨水撕得稀里哗啦。

卓玛实在等得焦心，她冲过雨，在公交站台下拦车，一辆出租车正好停在她前方一百米的地方，她冲过去，拉开车门，回家，她对司机说。司机透过镜子看见这个狼狈的女人，头发上滴着水，去哪？他问。去东边，走二环线，现在的北京中路怕堵得不行，从电视台拐上巴尔库路，走二环。卓玛看看手机，已经晚了，校车这个点已经到了。卓玛又开始拨打格列的手机，你所呼叫的用户不在服务区。

出租车不进小区大门，卓玛已经无所谓了，下了车，往家赶。"妈妈"，小宝在门卫的小房子冲她喊，门卫阿佳递上一把伞："车来了，你不在，又下雨了。琼琼亚古都。"

"阿佳拉，多谢你。"卓玛很感激，"亚古名都。"

卓玛回了家，换了湿衣服，给孩子做了饭。她下午请一个女同事晚上帮她照看孩子。下午丹巴说一定要请她过去吃饭，推都推不掉。

丹巴请 Rain 吃晚饭，来家里吃鱼："川味的酸辣鱼汤。还有格列一家。"

"什么鱼？"

"拉萨鱼，长着胡子的裸鲤。"

"丹巴老师，你吃拉萨鱼？你不是信佛么。我忌讳呀。"

丹巴在电话那头解释："古老的藏族谚语，春天的鱼国王都吃不到，秋天的鱼乞丐都不吃。习俗的祖宗是吃鱼的。在一个叫俊巴还是叫康巴的村子，就是一个渔村，那里的藏族人们都吃了上千年的胡子鱼了，把鱼剥皮去内脏和黄蘑菇酥油捣成鱼泥，放在烧热的石头上炕熟，那是极品美味知道不。我烧的鱼，你真的可以试试，不算第一，也算第二。格列是很喜欢我做的鱼，他点名要的。成见成见。鱼戏莲叶东，鱼戏莲叶西，鱼戏莲叶南，鱼戏莲叶北。你要真不吃，还有其他的。"

Rain 不吃拉萨鱼，是因为她受不了鱼不带鳞，总觉得黏糊糊的挺恶心："有没有炒海蛎子？"

"有，有。"

"那我叨扰了。"

饭桌上。

丹巴用小碗盛了一块鱼肉送给卓玛，调笑伪资，好吃得很哪。以前拉鲁湿地鱼多，脱了衣服，拿在手里，在一个鱼泡子就这么一捞，满满的鱼，收拾收拾干净，支起一口大锅，熬出白汤，撒点盐，搁点藏葱。这个很重要，藏葱比一般的葱要香。那个汤香呀，味道足。

"你那个以前是多少年前的事情？"卓玛问。

"四十年啦，那是一个把冬虫夏草当草根嚼的年代，哈哈。"

Rain 在旁观：图瓦大师的神作《Lost Rivers》，能听完十秒我给跪下。嘿嘿。

卓玛和格列关系不坏，当他交谈的时候，谈话总是坦率，不拐弯抹角。当时（吃完饭，收拾了桌子，围坐在茶桌旁），他坐在沙发上，让人以为他的肢体冷漠，有些冷冰冰的，格列看上去是那样懒散，让人觉得他摊开的肚子，是丹巴家一个很重的冰箱，里面搁满了食物蔬菜水果，各种肉食鱼和罐头，却不稳重地斜躺在沙发上，任由他在空气里自然发酵，能量场互相冲突融合，将肚皮拉开，就会发出战马嘶鸣，大刀和长矛互相碰触的叮叮当当的响声，尸横一片。格列窝在沙发里："实际上，当我们讨论问题，谈话根本就是一点儿效果都没有的。"在这一敏感时刻，卓玛停了下来，显得颇有深意。她说："我不希望冷战，也不希望关系恶化。"旁边 Rain 在念一个段子："意大利人尼古拉斯离了婚，也失去了工作。有一天他突然想，自己最擅长修水管刷油漆做木工除草这类的家庭打杂事务，为了养活自己，他创办了一家家政公司，名叫'出租丈夫'，没有想到生意还很火。知道吧，男人在体力上都堕落了。"

格列突然感到这个世界有着深深的恶意："美女，我可以的。"

卓玛拍手笑了起来。烧水壶的警报器响了，一股白气从壶嘴喷薄而出，丹巴提开水壶，把茶具浇了一遍："最近有一款新到的岩茶，试试味道。"

Rain 笑嘻嘻端起杯子，凑近杯口闻闻："这茶足火后就是太香，总觉得有些过。"

格列接口道："香气太浓过。"

丹巴放下杯子，叹了口气："现在人都浮躁，耐不得轻细的味道。先喝，然后再换茶。"

卓玛说："你们这些人真是矫情，茶嘛，喝个意思就好。"

"是咧，还是卓玛讲情分，这些人白喝茶，还挑三拣四，很过分。"丹巴先给卓玛续茶："这几个人，吃我的饭，喝我的茶。下次我单请你吃饭，不带这两人。说个闲事，我看到罗布的一张新画，用笔挺好。这个人挺有才华。"

"这个人我不喜欢，什么叫有才华，听说人特别花心，喜欢勾搭人。可怜了罗布老婆，在家生孩子呢。这都什么男人？男人都这么不靠谱，罗布老婆，人很本分，怎么摊上了这种男人。"卓玛有点生气，"格列，你也认识罗布这个人，你怎么有这么不靠谱的朋友。"

格列略显得尴尬，摸到桌上的烟，递给丹巴一支，自己又拿了一支。丹巴凑上火机点上："也算不上朋友，只是认识。这个人也不坏，手上功夫也还可以。人年轻，时间长了抗不住，玩一阵子就散了。Rain，你最近在做什么？也没见你出来。"

Rain放下茶杯："什么都没干，闲着呢。这茶还不错，耐喝，都五泡了。"

丹巴续茶："还行。格列，最近单位上事多吧。"

格列抽了口烟，一边吐着烟圈："哪有你这里清闲，我天天在外头跑。哪天我们到八角街淘淘。"

卓玛："格列少抽点烟。上次我见了Shine，这姑娘也太作，这都什么世道。Rain，她不是你朋友么，听人说，她跟了一个香港老头，是不是？"

"这个事我也不太清楚。我不太注意这些事情。谁会像姐姐这样幸福呢，格列又顾家，对你又好。"Rain又喝了口茶。

丹巴看了看茶汤颜色："这茶喝得差不多了，换种茶。"

格列挡住了他："算了算了，今天就到这就好，改天再喝。晚上卓玛喝多了茶，睡不着。哪天咱哥俩单约。"

卓玛："就是，孩子还在家，找人照顾着，到底不放心。我们就得先走了。"

丹巴嗔怪卓玛："就是，不是我说你，怎么不把孩子带来。"

卓玛一边起身一边解释："这孩子，正是招人烦的年纪，吵得很。"

四个人纷纷起身，Rain 也说吃好了，喝好了，该撤了。

丹巴把一行人送了出来。长长松了口气。

Rain 窝了一肚子的火，走在回家的路上，想了想，不觉又笑了起来。瞎操心的人哪，平时没事可做，想得也太多了。

丹杰林路打鸟

　　Rain 胸口堵了一口气，手拨了一个电话出去："Shine，在干吗？"

　　"你上次有病呀，丢下我就跑，"Shine 在电话那头说。

　　"真有病，不舒服。你在干吗。"

　　"在店里，今天刚忙完，你过来坐坐。"

　　"你夏天怎么这么闲呢？"

　　"哪有？今天走得多，刚歇下来。哪像你，天天浪费生命。"Shine 在电话说。

　　"我跟你说，我有一串松石手链，十二颗大小均匀的被机器修理过，抛光打磨上光的小石头规规整整打孔串在一起。是有一次我莫名转进了藏医院路一家大卖场，从一大堆松石里挑的。那个人同时卖给我一串假的蜜蜡，所以我一直怀疑这绿松石是被上了色的。那石头中有一些金线，颜色深浅不同。我经常猜，如果是上色的，颜色会特别一样吧，颜色会有太重的痕迹。人说，这是你的一个念想，你要相信它是真的，我有病才会不去怀疑一个我不知道的事情是绝对的正确，丹杰林路上除了买衣服，其他的东西都让我心惊肉跳。"

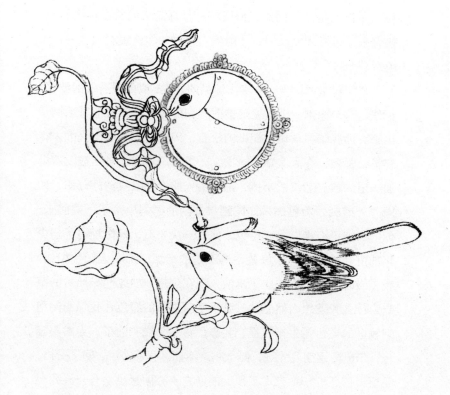

Shine 突然在电话那头笑了笑，带着淡然的神气说："知道那么多的真相不好，这会让你失去相信美好的心跳，也许，知道真相才能斗智斗勇，占足便宜，挑战的满足藏在笑容里的。在八角街混是漫长的路，摸爬滚打，打落牙混着血吞到肚里，接着来，慢慢才能成精，才能骗人钱财，你就跟着我混吧，少吃亏。"

"你知道吧。有一个卖小饰品的人说，真的没有假的漂亮，记住，这是原则。那人说这的时候，好像把压箱底的真话掏了出来。那些塑料玻璃水泥做的松石，闪烁的光芒要比真的来得鲜艳，强烈，夺人眼球。一次，一个忠厚老实，身上散发着酥油味道的藏族老汉的小摊，那个男人脸上的皱纹清晰分明，如同刀斧雕刻，脸色黑得如同刚从太阳的黑洞里滚了一圈回来，他的藏袍已经难以分辨颜色。他有一块松石，好像浸泡了多少年的酥油，上面粘了好些不清不楚的污垢。那个人让我相信。我在当时把它们相信成了酥油，现在想想，如此明显拙劣的藏味为什么我就想当然感动，脏乎乎腻歪歪的绿色让我想当然跑到牧区的黑色牦牛帐篷里。我忘记花多少钱买的了，当然要忘记，忘记得越彻底才好，但是应该不贵。我感动了，问了价格，还要讨价还价一番，占了很大的便宜，心满意足。有一天我突然怀疑了。确定那玩意儿绝对不是酥油，但是我也说不清那是什么东西。这块石头有点太沉了，我拿起锤子，砸了下去。据说，锤子砸坏的假古董很多是真的，但这阵痛面对的是一个真相：亲，那是一块水泥。那是很小的一个东西，并不会伤筋动骨要死要活。不会有傻姑娘搭着你的肩膀哭泣，你毁坏了我的童贞。你抛弃了我。"

Shine笑了，手机有点烫了，换了一边，她有些动容："丹杰林路的商铺，八角街这里的店子就是一片丛林。这里面生存，太险恶了。你就这么想吧，用美金和人民币当作实验。用上当受骗饲养他人和自己，多少年过去了，你也会有自己的本事。更大的局好像掌控在康巴人的手里，袖管里进出更大的资本和真假古董。有的时候，听到一宗交易大大手笔，才感到生态的梯子高处在触摸不到的地方。什么叫有钱？有人带我夜访一豪宅巨富，豪富脖子上是千万的天珠，家藏上亿的唐卡，动动嘴皮子随便就是百万的买卖。好歹也算是见过钱的人，我还是被这样气场强大的钱给镇住了。从他家出来，我满脑子都是钱的事情，我发现自己太爱钱了，恨不得能围着钱撒欢呢。我的钱够自己用的，能够生活得很好了，我真的不再需要什么。可是在那一刻，觉得自己特别穷，想钱，想要更多的钱。只有钱这个事情是最值得做的事，是最靠谱的事情，比男人更靠谱，比男人更加让我觉得饥饿，那些曾经在我生活里出现过的男人，都是我选择后淘汰掉不需要的，是经历过的失败，是不要的毒瘤。他们长得什么样子，我统统忘记了，我只记得钱给我带来灼伤感。我跟你说，我厌倦了，这些男人没意思透了。那个艾敏，她和许多男人上床，很多人说她放荡，可是你知道吧，她不记得和她上过床的男人的脸。只有我知道这也是厌倦。结果很多男人憎恨她，因为她不记得他的脸了。今天我也尝试不同的东西。我用最昂贵的痛苦来经验人事，就为了告诉自己，我到底要什么。"

Rain 耳边的手机提示没电了，她开了免提，听见 Shine 的声音大了起来，几句话后，Shine 的声音突然就消失了。九点钟，夜晚终于沉了下来，Rain 静得心慌，那酒吧里透出的暖色灯光变得极其富有魅力，好像显得温暖又暴力，仿佛沉溺进去，在真实里短暂死亡，就会忘记所有的一切。

"我要疯狂，我要跳舞。我为什么总是在别人身上寄托自己的勇气，那个长着马鬃的女人什么时候松开她的头发，而不在别人身上寻找刻薄，忘记了所有自夸的勇气？我的影子比我更加真实么，她每天都在膨胀，那么嚣张，杀死你大约是无罪的，你让我显得懦弱无能了。"

Rain 的泪水在罗布的脸上慢慢滑落，这两个人在一瞬间同情到的感情，罗布突然眼眶湿润，在一张藏族女子的肖像前沉默起来。

罗布正在画一双眼睛，他画了高光，又用刮刀抹去一层亮色，蓝白的高光隐进棕褐色的瞳孔里，起雾般地把他的心拉进画面里。一些委屈，一些绝望，一些倔强，混着悲凉的湿气从眼眶深处升起，滋润那片燥得发白的盐碱地，寸草不生的残酷之上一丝云彩覆盖，慢慢滋养，慢慢流泪。白色的盐沉到地下，土地浓厚的气质在显露。

那是贫穷的宽厚底色，是幼年时候那只病死的老狗，在临终挣扎之后温柔地看着他。它的头伏在他的膝头，一颗眼泪在温柔的眸子里转动，汇成一滴，从眼角滑落。他亲手去菜地里挖了一个土坑，看着狗的身体滑到坑里。他铲起土，撒在狗的皮毛上，慢慢掩盖，平整了地面。他站了一会儿，风慢慢把新土的颜色吹干。少年的他，跑回自己房间，伏在床头不停哭泣，他是多么纯真地感受死亡的伤痛啊。泪水潜然而下，洗礼，万物展现了出生婴儿般的纯洁。罗布想起那个哭得不能自持的少年。罗布眼中的湿润在回忆中慢慢冷静，觉得自己很可笑。

　　他推开少年，把那个哭泣的瘦弱少年推到箱子底。再见。

　　街头的 Rain 也擦干一点儿泪水，为这一刻感到荒诞。

忌

莫莫去一趟林芝，在旅行车上待了十二个小时，在旅馆里睡了一晚，白天看了青山绿水，青帐仙境。白色漏斗的花冠上会飞来一只蓝色蝴蝶，落在汗毛孔上，戏弄她细软的一两根褐色汗毛。必须等待，瘙痒难耐。

为莫莫拍照的次吉无法看清她那跌宕起伏的内心。那只是一个瞬间的影像，都不像真的。莫莫扮演着轻佻和肤浅的撒娇女人。她迷恋这个角色，沉醉在时光倒逆的幸福中忘乎所以，旁若无人：童年的红晕醉酒一样飞满双颊。

她在玩弄手机，上网刷屏：有一个地方，太阳迟迟不落。是可怜一朵花可能在夜里悄无声息就枯萎了。

次吉甘心认下这个妹妹，那种做一辈子好朋友亲人的那种。

一条罗布短信进来：今天什么时候回拉萨，去我家坐坐？

莫莫笑了起来，笑得次吉莫名其妙。莫莫回了一条短信：快了，马上到拉萨了。

晚八点，太阳还没有落山，明晃晃的。莫莫下了旅行车，去住的旅馆取了行李。

莫莫拖着行李箱站在罗布的门前。

她说："我要住在你这里。你得收留我。"

她有些紧张："你干吗呢，帮我把箱子拖进去。你听什么呢，这么闹哄哄的。苍蝇？是一个乐队？我饿了，去吃饭吧。"

她其实挺紧张："干吗呀，赶紧走吧。"

他们的生活多么美好，多好的太阳，想怎么唱就怎么唱。所以亲爱的她真的爱他，乱糟糟她好喜欢。

罗布脑子里有点蒙了："我先抽一根烟，先等等。"

歌词里面唱着：不要轻易将爱情奉献，心里骚动了，哪饿了。我会带给你粮食和武器也是子弹，我是你的爱人你的愿望你的憎恨我来运动锻炼你的身体我搂着一个女人心里想着另一个女人迎着太阳直射的光芒。

他拿过行李放好，说带莫莫上街吃西餐。说拉萨有一些尼泊尔厨子，做的西餐蛮地道。

"那是不是攻略里推荐的那个丹杰林路上的？"莫莫问。

"不是不是，是更加地道的地方，一个秘密的花园。"罗布卖着关子，关了门，来到街上。

"这个点上怎么冒出来这么多人？"罗布迷惑地问道。

莫莫赶了上来："要回家了呗。你那就是我暂时的家啦，你不会赶我走吧。"

"不过没事，反正离这里不远，走走就到了。"

罗布笑了。

罗布当天晚上就把莫莫办了。

开亮了灯，把莫莫照得明晃晃的，罗布拆掉包装纸一样剥开了莫莫的衣服。莫莫觉得渴，罗布轻咬着她的嘴唇，湿润的瘙痒一点点从嘴唇到脖子到锁骨。是土张开嘴，湿润从地上到空气，一点点地泛起甜腥腥的味道，把莫莫紧紧包裹。莫莫闭上眼睛，手去摸索着床头的台灯关灯，罗布又打开灯，灯光照亮莫莫的胸脯。罗布撩开莫莫的长发，像铺开一张薄毯子，遮盖住她的脸，手往下寻觅下三路的春梦。摘了属于自己的水蜜桃，这丫头娇喘吁吁，说快要死了，羞涩说她从来就没有这样快活过。

完了事，这丫头枕着罗布的手掌就睡熟了，她把罗布的手掌贴着她的耳朵，身体缩起来，一会儿睡着了。罗布抽出手的时候，莫莫扭捏地用头蹭了蹭枕头，把头放在自己的一只手上。唉，这个看上去有点像小孩的女人性经验并不是很多，没有尝过过多的高潮，太容易被恐吓，太容易被满足，太容易被勾搭，她其实这样下去也挺好，怎么会突然碰上他？一个被蜜糖和鸦片滋养诱惑过的女人，会付出什么代价才能回到庸常无聊的生活？突然有一丝怜悯，罗布仿佛看见了一只飞蛾扑向火光，哦，可怜的人哪。年轻的姑娘就像韭菜一样，一茬接着一茬，最后她们都会嫁给某个男人，就像藤攀爬一棵树，依附吸取营养，她们这个物种缺乏自己制造养料的机制和能力，要靠着一个男人的爱和施舍生活。缺了男人的爱，她们就像花缺了水，马上就枯萎了。

罗布多少有点不适应。他现在得在女人内衣下面去摸他的火机。他已经习惯做完了一拍两散，互不相见。多晚了，他都会回到自己的小房子里来。就算是女人来他这里，做完了，他也是必定叫上出租车，将女人送回住的地方。他有点怕一个女人没完没了的纠缠。所以他决定和他人都要保持距离，免得多事。

他已经被一个女人缠怕了，在他年轻不懂事的时候，他就被婚姻给绑架了。他有时候记不起那个女人的样子，只是现在有了孩子，也就这么凑合着过吧。这是个很恼火的问题，罗布不太想这个事情，罗布的手上并没有结婚戒指，钱夹里没有孩子照片，这个房子所包围的孤独感只是围绕着他一个人，让他自由自在。

这样的舒服是不容被打破的，所以他反而开灯起床，抽出被莫莫枕麻了的手，坐在床头，点了一根烟。罗布有点烦躁，不知道该做什么，拿了一本书，翻了几页，又放下，又点了一根烟。

莫莫这丫头撞了这样一个大的忌讳浑然不觉。她安睡在一个甜蜜的梦乡里。

香格里拉菜谱

酒歌

人在品尝甜，酸，上升到飞翔的境地时，心是多么的狂喜。饥饿，无所不在的饥饿，穿越胃的体验，贯穿灵魂。人总是在寻找生命的轻盈，灵魂的狂喜寻找与彩虹的连接。人如果眩晕着，在重力之下找到失控的飞翔，不是付出生命的代价，大约也是可以尝试的。酒是温和的具有这种功效的，在重力中构建飞翔前的媒介。甘露，露寒，甘露旋愁人舒心，催人歌舞。

真正土产的青稞酒，在拉萨已经喝得很少了，基本上是酒吧里招待菜鸟级别又想有点西藏调调的像莫莫这样的女孩，在超市里的摆放位置是和碳酸饮料搁在一起的。青稞酒的味道，是很难把它和一个悲伤、粗犷的民族结合起来的，或许这根本是个误会，就像无法将那样精细装饰的唐卡和一个牧区康巴的粗壮的汉子联系在一起，这是人性混搭的快感，还是想当然想象力的缺失呢?青稞酒是一种微甜带酸，头道挂浆略黄的不算酒精的饮料。藏历年，在胃混合了一个村子的或者甜或者酸或者还有点苦的家酿，醉得不醒人事后，发出感叹原来它真的是

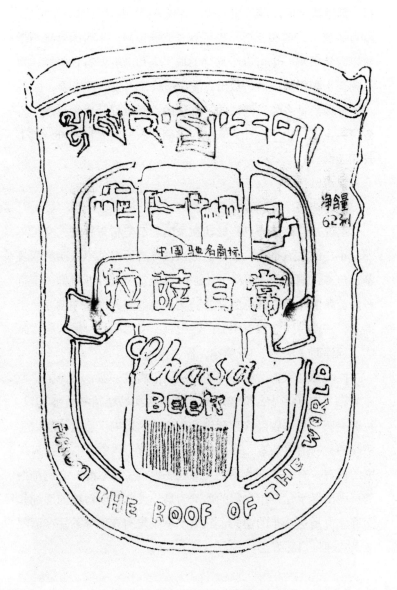

酒，后劲还挺大的。青稞酒乡下喝得多，家家酿，各有各的风格，其做法类似内地的甜酒酿。青稞煮熟，拌入酒曲，发酵后，就有头道、二道和三道，也可蒸煮成藏白酒。不用的青稞酒糟可以喂猪喂鸡，也可以给稀罕的城里人和游客做特色餐饮，拌入葡萄干和奶渣白糖，蒸出，酸甜糯软，一股酒香奶味。

青稞酒是乡愁，淡淡的，酸酸的，微微涩苦里带点甜，不会带人上天，也不会让人入地，徘徊于人世的无根无迹一丝上升和迷惘。

啤酒日常。

拉萨啤酒，是游客的必须。

据说，拉萨啤酒已经成功在米国的酒吧猎奇登陆，身价不菲。小巧的东方个头，金色的泡沫被修身的绿色半透明的瓶身紧紧包裹，醒目的 Tibet，它她 ta 又羞涩又妩媚，就像一个竹子般苗条的姑娘，那标签就像一条漂亮的邦典维系在腰间，手握着，在或者安静或者喧嚣的酒吧里，又如同与异域的一次亲吻，强悍而又深情："我爱你，你来自高原。"

拉萨啤酒粗犷。最开始的时候，三块钱一瓶，亲民的，罗布坐在马路牙子上，双腿一叉，消渴的淡酒精咕噜咕噜入胃。拉萨啤酒在夏季曾经火到断销的程度，这影响了质量，所以拉萨啤酒就有时候甜蜜，有时候闹点小脾气。当然也有些捕风捉影的谣言，有人掉到啤酒的发酵池子里去了。水好，人们都相信奇山出异水，奇山之巅的冰冽清泉，没有任何污浊的清纯和宽容。也是这几年的功夫，又出了小瓶装的青稞啤酒，在酒吧挺受欢迎，口感好。

对啤酒的爱，构成了白天和黑夜的丰富性。

钟爱夜生活。呼朋唤友，啤酒瓶子摆满桌子，是豪情也是盛宴。啤酒一杯接着一杯夏布大，漫长的夜，漫长的飞心态，啤酒不烈，进进出出，酒精留在脑子里。

人啊，没有喝酒的时候，寡言内敛，他爱酒，酒是他的钥匙，喝点酒，身上的束缚纷纷落地，他会为你唱歌，开心地笑起来像个孩子，掏心窝子说出些披肝沥胆的话来。人都这样，酒后眼波流动，双颊绯红，疯疯癫癫，豪气义道，被捧到人与神的修罗界，她是精灵，他口吐莲花，他是豪侠，她是隐退多年的江湖儿女，木吉他的哀歌，深沉婉转。

白酒是战场。

藏白酒，装在简洁而又显得廉价的白色透明玻璃瓶里，那白色并不见得清澈，微微泛点绿，像料酒瓶，没有酱油瓶子来的有型。拉萨有一个藏白酒的集中展示地，是北郊的财神庙扎基寺。跟财神爷沟通的最好媒介是酒，这是世间护法女神，客死藏地，灵魂不安，立地成神，灵验。别的寺庙供在佛前的都是酥油灯，唯这位奇女子，白酒伺候。愤怒的护法神没有什么可怕的地方，从造型上来说，愤怒的造像更加具有力度和奇迹感。把慈悲交给度母吧，能干事的菩萨脾气大点挺正常，世间原本无常法。扎基寺有卖高粱酒的，但是，护法女神老人家还是好一口家酿亲民的白酒。自家酿的酒最有劲道，最天然，回家喝了这酒，就是回到了母亲的充满液体包围的子宫，温暖的热和黑暗把自己紧紧包裹。一壶酒，驱赶着风邪，就有了一个热烘烘的睡眠。

酒场狼烟四起，杯来盏去，酒歌阵阵，刚认识的朋友，多年的好友，觉拉格拉，情深意切，夏布大啦，肝胆之气豪生，瞬间冲入云霄，云中龙遇雾中龙，棋逢对手路遇良将，铜盆遇上铁扫帚，丧门神遇上吊客星。少林、武当、南拳、北腿，一身钢筋铁骨，武艺超群、武功盖世，凤凰单展翅，仙人指路掏后心，苍龙探爪、蟒蛇翻身……天罡地煞降尘寰，三杯吐然诺，五岳倒为轻。眼花耳热后，意气紫霓生交情浑似股肱，义气真同骨肉，樽前长叙弟兄情，如金玉……酒醒乎？承平世界，十步杀一人，千里不留行。事了拂衣去，深藏身与名。

"兄弟，今天再来点？"

"不行，昨天喝大发了，胃烧得不行。"

入夜安静，午夜传来狗吠声，女人的哭声，男人的狂怒，拳头砸在石头上的声音。

为什么喝酒呢，因为酒在那。

次吉没有得罪他的所有客人，客人安顿到了酒店。就带着一个客人去泡吧。跑一趟林芝，总算找回点面子，认识一个老哥哥。

次吉在酒吧里见着觉老憨，他又戒酒了。他说，酒场搏杀三十年，小胃两个穿孔。但是酒是戒不掉的，老憨拍着酒桌子说："过两个月，我将回归酒场，将又是一条好汉。"两人聊起几年前，觉果在大昭寺的菩萨面前发誓戒酒，也是胃出了问题，不过觉果也是喝得少了些，少了很多，还是那样憨直，却少了豪放不羁，曾经酒后的觉果教育自家女人："女人就是要生孩子。不然女人干什么。"觉果是纳木错的牧民人家的儿子，满脑子的老想法就跑出来，酒是他在午夜到达家乡放牧草原的通道。

"酒啊，他们太爱喝酒了，"次吉对客人说，"如果我的朋友超过四十的，大部分都有酒戒还是不戒的大问题。"

游客也感叹："酒，年轻时也爱拼酒，现在不行了。想当年，也是豪饮，醉倒街头，天地当床，找不着回家的路。"

次吉说："我的朋友太爱喝酒了，有一个朋友，人生最大的愿望醉死在拉萨啤酒厂的酒池子里。"

游客说："我去过西北，对豪饮已经见惯了。所以，像你们这样喝，桌子上一开口说上一件啤酒我也见怪不怪了。但是我刚上来，还得悠着点，喝大了就起不了床，明天还要赶飞机。实在是没有办法。"

"就是喜欢喝，"次吉说，"没办法。"次吉还想说点什么，游客对觉老憨产生了强烈的兴趣，和老憨拉着话题，有些冷落自己的意思，就有些无趣，只好喝酒。

喝
醉

小个子次吉一杯一杯地干着，终于把自己灌翻了。

鱼死的时候没有哀号，断了轮回。

次吉不是鱼，不是老鼠，他比鱼和老鼠憋屈。

次吉喝醉了。凌晨四点，北京中路。

北京中路不在北京，北京中路贯穿拉萨老城和新城，是次吉从嘴到胃的食道，时不时往上翻着酒精和食物酸腐的味道。只要次吉一扣嗓子眼，拉萨啤酒就会从胃里倾倒在北京路的马路牙子上。流浪的饿狗闻了也会醉，黑狗多吉走在北京路上，斜睨着眼睛看着那些上不了台面的衰狗，它的皮毛会在秋天黑亮得像匹缎子。它是个英雄，走在战争过后的战场，疲惫而又心满意足。

次吉几个小时前听觉老憨讲了一个故事，老城的巷子里死了一个人，死得挺快活，醉死的。他就那么大喇喇地躺在街角，是不是还做了一个美梦，嘴角带着笑，那件灰色的袍子敞开着，一支胳膊从敞开的袍子里伸了出来，睡着了，没醒过来。这年头，还穿着袍子的人挺少，那衣服灰扑扑的，也许是个乞丐。

五个喝高的藏族青年，三男两女，东倒西歪，踉踉跄跄唱着歌在北京中路上跳着舞，唱着唱着亲个嘴，亲完了嘴，姑娘就会嘻嘻哈哈笑上一阵，他们的快活穿过次吉的身体，像一阵风一样掠过他的衣裳。

哦，这该死的昏沉沉的头，次吉痛苦地偎依在街角："该死的，怎么能够如此快乐？靠。"也许只有不怕呕吐，才能不惧歌声。次吉的脚步如此沉重，拖着几十年地压抑，拖着几千公斤的石头，其实他特别想痛痛快快地吐出来，他怕什么呢？更简单的，他只要转过身，拉开拉链，撒泡尿，人就舒服了，做不出来，憋死。

那两个姑娘笑得东倒西歪，肆无忌惮地在黑夜里唱起歌来。某些事次吉永远做不来。喋喋不休的轰鸣在他耳边响起："可惜不是你，陪我到最后。我的格桑花，美丽姑娘卓玛拉"，次吉的脑子有过一句歌词。弄这么多人，搞这么多声音，乱哄哄，是不道德的。观自在菩萨，行深般若波罗蜜多时，照见五蕴皆空，度一切苦厄。格桑花，舍利子，色不异空，空不异色，色即是空，空即是色，美丽姑娘卓玛拉，受想行识，亦复如是。舍利子，是诸法空相，不生不灭，不垢不净，不增不减，美丽姑娘卓玛拉。是故空中无色，无受想行识，无眼耳鼻舌身意，无色声香味触法，无眼界，乃至无意识界。无无明，亦无无明尽，乃至无老死，亦无老死尽。无苦集灭道，无智亦无得，美丽姑娘卓玛拉。美丽姑娘卓玛拉揭谛揭谛波罗揭谛波罗僧揭谛菩提萨婆诃。"仙女娃娃曾经是他的新娘，看上去就是个傻姑娘，你看到她，就告诉她我还想着她，她怎么就那么着急跟着一个老混蛋跑了呢？她怎么就不知道她就在我的心上呢。她不要我了。"次吉的脚步沉重拖沓。

次吉看见姑娘们风一般地走了，他又看见一个有光的墙角坐着一个年轻人，穿着他的衣服，乍看下像死了："是我呀。我在这孤独的街角。醉了。迟早一天死在这里。啊，这就是我。"

导游次吉已经被他的工作恶心得要吐了，他马上就要吐了。

去爬布达拉官，他刚说了一遍解说词，走快一点儿听了男导游 A 说一遍，再走慢一点儿再听女导游 B 重说一遍，他要是累了，坐着休息一会儿，能再听到 C 导游再说一遍。导游最常说的一句话是：游客们可以在这里拍照留念。

同样的风景，单人照，双人照，集体照，给你照，给我照；不同的场景，单人照，双人照，集体照，给你照，给我照，大家照；你的相机里面是单人照，双人照，集体照，给你照，给我照；他的相机里面是单人照，双人照，集体照，给你照，给我照。基本姿势是微笑托腮，叉腰，伸两根手指做 V 字胜利状指天画地，大正面，四分之三侧，收下巴，睁大眼睛抿嘴装可爱，男的全是扎西，女的全是卓玛，扎西搭讪卓玛，卓玛勾引扎西。

他是个严肃乏味的家伙，他的笑容比哭还难看；他是个浪漫要死的家伙，所以伤痕累累；他是个正义善良的男人，所以没有女人喜欢他。他眉头紧锁的焦虑让人看了憋气，作为一个正义的导游，他愿意给游客展示积极深沉的西藏动人心魄的风景和人文，可惜他的舌头上绑着枷锁，一堆词汇翻滚着往上涌，到了喉咙，咕噜一声又掉下去，回响般地从深远处传来一声带着痰的闷响：“啊。”

　　游客们精明小气，斤斤计较，处处敌视，光眼神就能把他钉死在耻辱柱上。一个行业的混乱所带来怨气终归要清算在个人头上：

　　“宾馆里的苍蝇很恐怖，房间里也有啊，点了藏香都赶不走。窗台上放着木棍，干啥用的？抵住窗框，防止有人从外面打开翻窗进来偷东西滴。很新鲜，有木有？”

　　“想多收我们钱？没门！”

　　“什么一千八一只的藏香猪这一类的就算了，纯粹是宰客。”

　　“还不是自己内部恶性竞争造成的，为什么后果却要游客承担呢？宣传的时候为什么不告诉游客？”

　　“为什么不给游客推荐纯玩团呢？”

　　次吉看见自己在跟人干架争吵：

　　“你以为旅游真的平民化了？你以为花个几千块就可以吃好玩好？”

　　“为什么不告诉游客，你给的那点钱是去受罪的，不是去耍的呢？”

　　“什么态度嘛，我们是花钱买享受来的。一件皮衣少则上千多则上万你不觉得亏了，一件衣服原价一千打五折第二天挂个原价两千打二五折你不觉得亏了，我们从中加二十块利润你就觉得全世界的委屈都被你一个人背了？"

"拜托，这是高原地方，不是内地，和你想象的内地旅游是有区别的。内地旅游已经成了气候，而拉萨旅游虽然已经开发了十多年，但只是在去年才开始慢慢地走上正轨。要是十年前过来，你会更失望，带你上团的导游，连导游证是什么都不知道。你口口声声说把你们当作散客，我就奇怪了，你们不是散客，知道什么叫独立成团吗？那就是整个行程都只有你和你老公两个客人，而且不换导游不换车。关键是，你给的团费不是独立成团的钱！进店提成算算人头，我还得吃饭吧，我怎么就那么不讨人喜欢，人人就那样把脏水往我身上泼，要承受莫名奇妙的脾气，混蛋，都是一帮混蛋。我有些羡慕那些藏族同行，说同样的解说词，待遇怎么就那么不一样呢，这些游客怎么就这么谄媚呢。有几个钱在我面前就是太上皇，一卖菜的不高兴了都能不睬你，我们整天日晒雨淋在你们面前陪笑脸经常换不来一句好听的话……"

次吉偎依在墙角，终于像个酒鬼的样子。他看见黑狗多吉，一条瘦狗在墙角撒尿，那狗的眼神里面有一丝邪光，面露笑容。会醉死的次吉不会忘记再过几个小时，一大早他还要去送机的。

莫莫来拉萨后就没有做梦了。夜晚的雨或大或小，把精灵鬼怪的小翅膀都打湿了，小精灵暂居到了阿里的壁画上，准备晾干了翅膀，再扰人清梦，让人惊颤。

一个好沉的睡眠，莫莫一个梦都没有。

小女人莫莫在床上哼唱着歌，心情像只鸟在树林里飞来飞去，栖息在枝头。莫莫垂下长发，像条美人鱼一样伸长了双腿，她又用腿推醒罗布，摇摇手机冲着罗布说："老帅哥，给我拍张照片，要美美的，知道不？"莫莫看着自己的腿，白皙，瘦长，几根稀稀的腿毛不显眼轻轻贴着小腿，几乎看不见，这让她很满意。她的腿像树枝一样笔直，唯一的缺陷，就是腰和屁股间的线条有些粗楞，屁股显得单薄，不够圆滑，她是小个子娃娃，一个显得不太迎合的身体，像个小男孩，与她那张顺从的圆脸显得不太和谐。罗布睡眼惺忪，拿过手机，被这样的画面弄得有些感动，突然觉得那个身体更加接近真实，因为真实就是有瑕疵的。他突然想起鲁本斯的人肉盛宴，顿觉有油腻糊住胃的腻味。作为一个经历过众多女人的猎人，

圆根

一时间觉得一道小菜的清新和爽口。他的目光所及，已经鉴赏这个小女人，心满意足：一个漂亮的，有大眼睛的，苗条的女人，也许她是个女人，却长得像个少女。给她吃蜂蜜和糖果。

"亲爱的欧巴，你看什么哪。太舒服了，真的想时间就这样停止，怎么会有人在这个地方喘不了气呢，无福消受。"莫莫闭上眼睛，"罗布，不许你对我不好，我没有兄弟姐妹，我的父母只有我一个孩子。我一直是那么寂寞，不许你伤害我。"

罗布的手机停了一下。他笑笑："生活最大的礼物就是伤害。你知道不，小姑娘。"

莫莫打量这个房子。三间房。楼梯上来对折住了两户人家。罗布这边是东西朝向的房子，通往这个房子的前面有一小间客厅，喝茶吃饭，最前是很小一个厨房和洗手间。这三间房形成了一个L形，形状像从食管通向胃。前面的两个房子小得不可思议。刚才她穿过厨房去了一趟洗手间，洗手间就一平方大点，马桶上方不远就是热水淋浴，满满当当还挤下了一个盥洗台。客厅也小，有一个向东的很小的窗户。而放床兼画室的这个屋子显得阔气多了，像是吃饱了一样，鼓了出来，或许就是胃大，需要很多东西填到里面去。南面和西面全是木头窗户，下午有很好的采光。床靠窗放着，支个枕头就能看见院子里南边的压水井，看见院子里的人打水洗衣在说话。

"这是一个老房子哦。"莫莫问。

"是，很难找的。八角街带卫生间的房子特别少。"罗布说。

这房子东面和北面是墙体，堆了一堆画框，支了一个画架。墙上挂了几张画，有一个镜框里的东西有点特别，是一张裱好的旧报纸，显得郑重其事的样子：

新华社拉萨（1963 年 11 月 17 日电）

新华社记者郭超人报道：

　　在西藏土地上保持了多少世纪的木犁，现在即将绝迹，藏族农民普遍用铁制农具代替了这种极为落后的生产工具。这一巨大变化，标志着西藏在摧毁封建落后的农奴制度以后，农业生产力正发生历史性的飞跃。

还有一篇描述帕里地区农业生产的文章，骄傲地提到翻身后的农奴实验农业：圆根一个重到四公斤，水多汁甜，藏胞叫它"帕里的苹果"。旁边配了一张黑白照片，一堆带叶的圆萝卜。

"这是什么？"莫莫从床上跳起，去看上面的字。

罗布说："啊，那个。那这是人性的狂妄，我用来提醒自己的。"罗布在床上搭话。

"我不明白。这跟狂妄有什么关系？"莫莫莫名其妙。

"啊，我知道了，你还是一个孩子，你和我有代沟了。你熟悉的是一个物质的世界，你可能不知道这张报纸所描述的六十年代是个什么背景？消费世界真是个妓女，浓妆艳抹，让你不知道真相。没关系，这只不过是一张旧报纸而已，你知道保留下来的老东西现在都变得有些值钱了，有人就收留一些老东西，有时候我也这样。有时候我也觉得老东西挺好，偶尔找到的报纸，现在少得很。"罗布解释。

"我觉得你敷衍我，什么都不跟我说，"莫莫扭了头，坐在画架前的椅子上，眼泪流了下来。

"怎么那么容易哭？"罗布觉得有些烦，又接着解释："这些天，你老在八角街逛，除了有一把把的格桑花，你是不是也看到一种小小的像萝卜一样的东西，像没长大的萝卜，顶着萝卜叶子，那个东西叫圆根，现在街上都有卖的，就叫圆根。拉萨人把它当水果吃。皮有些厚，有些甜，现在正是吃的时候。"

"好吃么？"莫莫眼泪停了，问。

"还行吧，到处有得卖，一会儿就可以出去找。超市里还有圆根榨菜卖呢。"

"那我出去找。"莫莫作势出门，又转头来看着罗布。

"我不陪你出去了，要赶一张画的细节。"

"讨厌，谁让你陪来着。"莫莫扭头出门。

莫莫出了门，罗布踱步走到窗户边，摸出一根烟点上，抽了半口，又掐灭在烟灰缸里，在床上的被子里摸了一阵，掏出手机，拨了一个电话："孩他妈，怎么样？"

"还好吧。就是最近孩子吐奶厉害，弄得一家人不得安宁，睡不好。"电话那头声音很平静。

"你缺钱了么？"罗布问。

"还行，在家没有花钱的地方。你不用太担心，少抽烟，少熬夜，少喝酒。"

"我知道照顾自己。"

"你这是怎么了，莫名其妙的。我得挂电话了。"电话那头传来孩子的哭声，电话马上挂断了。

哦，罗布放下电话，把烟灰缸的那半截烟捡起，又点上。走到那张旧报纸前，什么东西到了胃里头，都能填实了饥饿的感觉，胃的反复蠕动，烙印在记忆里，可是深不见底的饥饿，那一点点东西怎么能安慰得了呢。罗布自言自语："人真的是他妈贱皮子，天生欠揍。人要隐藏多少秘密，才能安然地度过此生？"

萝卜罗布宝贝

罗布宝贝，萝卜宝贝。

罗布发了神经，想吃牦牛肉炖萝卜。放下画笔趿着拖鞋带上门，拿了钱就出去了。从北京中路回族人的肉铺称了五斤牦牛带骨肋条。一根大白萝卜。

五斤肉，牦牛肋巴条，有肥有瘦，已经用刀剁开了，一块带骨头的肉至少二三两，装在塑料袋里。厨房狭小，两个平方，挤了一个简易煤气灶，煤气罐，碗橱洗碗池，中间是半尺宽的走道，通向洗手间。很久没用了，灶台上积了灰，有五六只碗几把刀叉几双筷子在洗碗池子已经放了很长时间，罗布经常穿过厨房，没怎么仔细看这个空间，一时间不知道该怎么做，从洗碗池边找了块干成萝卜条的抹布在灶台上抹了两下，把肉和萝卜放下，从灶台抽出一口大高压锅，看看里面还干净，用水涮了涮，坐在火上，想想不行，又移开放了半锅子水，他又觉得麻烦，关上火，出了厨房：那么小的地方，真不是人待的地方。他又习惯性地坐到画架前，从松节油桶里捞出一支笔，用废纸挤干，在调色盘抹了几笔颜色，又放下，摸

了摸烟盒，没烟了。我操，他把烟盒揉进纸篓，又出门买烟。刚出门就撞上莫莫，手里提着一袋子东西，她冲他扬了扬袋子："是你说的圆根，怎么吃。"

"剥了皮吃，你把厨房收拾一下，我买了牦牛肉，去买盒烟。"罗布一边说一边往前赶。

"可是我从来没有进过厨房，我怎么收拾呀。"莫莫杵在原地，轻声说，可是罗布并没有听见她在说什么。

罗布买了烟往回赶，刚进院子，抬头看见莫莫拎着袋子含着泪坐在楼梯口："怎么啦？"

"进不了门。我从来没有进过厨房。不知道怎么收拾。"莫莫擦干泪。

罗布叹了口气："算了算了，不管它了，出去吃。"

"你在责备我。"莫莫的眼泪又要滚出来。

罗布挨着莫莫坐下，从袋子里掏出一个圆根，拧掉叶子，掐开圆根皮，转着圈剥开，递给莫莫："这样吃。"

莫莫接过，咬了一口，"还蛮甜的，"接着又说，"那肉怎么办？"

罗布叹了口气："送人算了。我们出去吃牦牛肉汤锅。就在不远的地方。"

罗布圈坐在临街靠窗两人桌，面前是一个小小的冒着热气的铜锅，几片肉，几块萝卜形而下对付了心肠，胃肠绞杀一样，让他觉得更加饥饿，他要的是大快朵颐的肉和酒，要快活。

他要的是牧区的牦牛肉，大锅备水，炖煮，什么调料都不放，就搁点盐巴，捞起一盘，锅里的肉也不捞尽，仿佛是个无底洞，把萝卜切块放下，要切块豪放。先吃肉，备把刀子，割着肉吃，蘸着藏式辣椒，主食是馍馍或者馒头，酒，啤酒，藏白酒也行，边吃边喝，肉凉了就回锅热了接着吃，肉饱到六七分，再吃萝卜带汤。吃饱了喝足了，摊开肚皮晒晒。酒足饭饱，在阴凉处就睡上一个小觉，脚边一摊啤酒瓶子，狗儿猫儿也闹腾完了，就在脚底下趴着，脑袋枕着骨头。

罗布的父亲是个猎人，扛着枪和老友进山，过了一天或者两天，开着灰扑扑的车就回来了，从车上拖下一只野山羊："婆娘，收拾去。"

婆娘憨憨笑着颠颠跑过来："这家伙大。"

"没出息的娘们，"这老爷们扛起羊，就往后院走，"还不去拿刀。"一家人，大人小孩还有狗跟到后院一阵忙乎，肠肚杂碎归了狗，皮子晾起，肉进了锅，炉膛的煤火抽旺了，倒上了酒，吃肉吃肉，喝酒喝酒。

罗布看见一个叫 Shine 的女子在窗边走过，不由得心里冒了一句狠话："那女人，就是个婊子。"Shine 没看见罗布，径直走了几步，莫莫看见 Shine，一个老男人，一个老男人亲密地挽着她的胳膊，一拐弯不见了。

莫莫突然说："刚才过去的那个女人真漂亮，我认识她，我在她店里买过东西。就这个。"莫莫伸出手上的藤圈给罗布看。

"多少钱？"

"很便宜，才二十。"

罗布瞄了一眼："这婊子真疯了。这东西在街上也就几块钱。"

莫莫缩回手："罗布，你太刻薄了。"

"我们去转经道上走走吧，闷在家里好无聊。"莫莫提议说。

神奇的琉璃桥

阳光强烈，天上只有几丝云彩。

Shine 和香港人分开，独自一人步行穿过布达拉官广场，走在宇拓路上，往东边去。

这条路是以路上的一个绿色琉璃桥命名的，桥下早就没有了水。水路没有了，水就没有了，桥洞下被风刮进垃圾，扫地的大嫂清扫起来很麻烦。这个桥被改成了一个奇怪的建筑，专卖西藏旅游高档纪念品。厚重的防盗门和透明玻璃，玻璃橱柜里的商品，欢快着敞亮欢迎观看，进门一刻脸色往下一拉，请勿触摸。这条路装饰了灯光喷泉，偶尔一辆豪车微风一样掠过，路两边的装饰用绿色塑料椰子树和真柳树轻轻颤动。

太阳真够毒。她买了一瓶"神水"解渴。此水，比一般的娃哈哈农夫山泉略贵些。据藏文经书记载："此水能治四百二十四种传染病和三百六十种急慢性病"，是莲花生大师赐给他的信徒和信教群众医治百病的"甘露"，被誉为"西藏神水"。

生活在拉萨，Shine 可以活得更加放肆些，因为身边随手可及处充满可以庇护的象征物。刚才受了些打击，那个卖场的一件衣服定价四千，服务小姐说这话的时候，Shine 感觉服务员跟一般的藏族女孩不太一样，显得格外矜持，说这是一个法国的品牌不带降价打折促销；Shine 又跑到另一个国内牌子的鞋柜那，相中一双鞋子，一千六，她穿着走了走，决定换季打折的时候再来转转，到时候就是五折，但是一瞬间她又觉得生气，她拿出卡刷了，买了。高兴里有些报复的快感。

　　Shine 略微有些渴，喝口水。走进一家虫草卖场。她还是仔细看着那装在玻璃瓶的软黄金，真是超级豪华的毛毛虫，二十万一斤。5条／克极品级：185元／克；4条／克极品级：200元／克；3.5条／克极品级：217元／克；3条／克极品级：234元／克；2.5条／克极品级：265元／克；2.2条／克同仁堂品质：297元／克；2条／克同仁堂品质：320元／克；1.8条／克同仁堂品质：351元／克；1.6条／克同仁堂品质：400元／克。以根来计算虫草的价格；如3条／克极品级那曲虫草是234元／克，234÷3＝78，78元／根。

　　口渴，她又喝了口水，这水真是太划算了。两千五百年前释迦牟尼佛涅槃，弟子们在灰烬中得到了八万四千颗珠状真身舍利子。舍利子的形状千变万化，有圆形、椭圆形，有莲花形，有的成佛或菩萨状；它的颜色有白、黑、绿、红，各种颜色。舍利子有的像珍珠、有的像玛瑙、水晶。神奇就是这样涅槃，然后成了冬虫夏草、雪莲花、藏红花、红景天，还有神水、干净的空气、湛蓝的天空、哈达一样的雪山、草原上的格桑红、八角街的托架松石南红大鹏金翅鸟的木雕……

Shine 想起一个故事。

贾先生待在西藏五十年，他是在拉萨长大的孩子。他说小的时候虫草这东西贱得很，采了来一把一把泡水喝，没有东西吃的时候，当零食吃着玩，这东西不甜不酸谁也不把它当回事还不爱吃。看贾先生瘦高有点罗锅的身材，原来都是药，赶紧洗洗上高压锅蒸熟，风干磨碎了碾成粉一人装一瓶带回家，抗菌抗炎抗癌调节免疫力，滋肾提高肾上腺皮质醇含量，抗心律失常抗疲劳祛痰平喘，镇静催眠。衷心赞美贾先生，这样真实地体现了他的最大价值，从了吧，变成药。

西藏冬虫夏草越来越稀罕，凡是西藏的羊牦牛藏香猪所能够消费推广的动物，吃的都是冬虫夏草。牛羊不吃草了，光拣着冬虫夏草吃，它挑了食，养得金贵。消费者买到的产品，超市里定价一百八十的，真空包装里的各种口味风干牛肉，都是天地精华。商家无限慈悲，让利吐血大甩卖，考虑着购买者的福利。

冬虫夏草必定是极贵的，一定的。

Shine 给 Rain 打电话："亲爱的，你知道吗？欲望应该是极其昂贵的东西，二十万一点儿念想，不是吗？我现在才明白，每个人都是百万富翁，关键是你愿不愿意拿出来等价交换。"

Rain 在电话那头微笑："亲爱的，我们都是有钱人。你这个价值无价的美人，请客吧，喝个香醇的咖啡，为那无价的珍宝添加香味美好可好？"

"说起来我突然想起，出来和我去见一个人吧。"

"谁呀。劳师动众的。"

"一个有钱人，名字和名声保持一致。"

"跟我有什么关系，他管好他的名声，我画我的画，难不成这是个艺术爱好者要收藏我的作品？"

"出来吧，算是陪陪我，见个人，喝个下午茶而已。出来吧，现在我的店里聚。到时候我们再去。这么定了。你要先画完呀，那好吧，我先去，你后来找我吧。一定要过来哦。"

"出来没有？Rain，我们到了，到步行街，阿根达斯的冰激凌店那，坐电梯到四楼，我们在靠窗的位置，找找就看到了。等你，快点。"Shine 的电话过来。

"知道了，我在你的店附近，一会儿就到你那里了。"Rain 直觉上判断这是一次炫耀和粗鄙的调情，而 Shine 喜欢这套海底捞气质的游戏，而 Rain 不过是那临门一脚的刹车：Noway。为这个游戏增加难度而已。Rain 坐公交车磨蹭到大昭寺和宇拓路的转角，看见有几个骑单车的小子在玩车，戴着头盔、穿着彩色鲜艳的行头，在玩着控制的游戏，有三四个游客，带着迷你相机和手机，在旁边拍照，一定要把背景里的大昭寺拍进来。一会儿就会有一条条新鲜的消息，我存在，我渺小地看见，后面带着表示惊喜的表情符号。Rain 拿出手机，也扫了一张，彩信了 Shine，后面还特意加上了表示惊喜鬼脸淡定疯狂哈哈大笑的表情，四季发财。

这一路上，Rain 拍了椰子树，街道，店铺，在步行街走路的人行走的车，玩耍的孩子，她兴致勃勃为每一张照片配上小字，发给某人，这个午后阳光照耀，微风浮动，蓝天上没有一丝云彩，亲爱的Shine，世界多么美好呀。Shine发过来一条短信：帅哥在等你哦。

以Rain对Shine的了解，Shine是接受美女这个称呼的，因为Shine是个漂亮女人，每一个部分都是漂亮的，组合在一起五官显得刻薄，可能是向上挑的眼睛眉毛的关系，但是Shine喜欢这种刻薄，是骄傲。她觉得这样一来，她和她的追求者之间就有了一条必须跋涉和追逐的距离。

Rain曾经对她说，她应该去卖一些男装和男性饰品，这样能够把资源速速套现，事情会变得直接。对于Rain的这个说法，Shine觉得很讽刺，而不假思索地拒绝了这个提法。那个小店提供的商品，是她曾经喜欢自认为喜欢的东西，彰显她的审美，是除了那面镜子之外的很多镜子，不管多少女人在那面镜子前左顾右盼，抬起裙角，挺起胸脯，看的都是她的衣服。偶尔，有一两个人，穿上衣服，显出她没有的气派，她会有些妒忌和欣赏，她和Rain就是这样认识的，她实在是把自己看得很重。"帅哥"这个词是Shine对世界的讽刺，如果Shine用这个词，那么潜在的意思就是难看的庸常者，自以为是的狂妄者，对钱愤怒的伪嬉皮，对这些人应该用一个最没有个性的问候语来概括，就是"帅哥"。

Rain感到一种共谋游戏的快感，加快了脚步，她的步伐又变得轻快起来。

有钱先生和Shine相坐无语。Shine穿了一件休闲运动衣，浑身挡了个结实，有钱生生说想留在西藏，做个投资。这套说辞老套，你投你的资，跟老娘有个半毛钱关系？有钱先生后悔找一个这么傲慢的女人，要是约个鲜草，何苦受这个罪？

Shine 要了壶水果茶。有钱先生觉得这个女人今天穿得敷衍，面子上有点挂不住。Shine 发完短信，笑了一下："待会儿我一个艺术家朋友过来。"Rain 一点儿都不意外，开场白会是这样。

Shine 和 Rain 热络地聊艺术和 Coach 包要比驴包显得高级，简洁实用不要太多装饰，是美国精神美国梦的替代品，驴包已经烂大街了，从明星到卖菜大妈都 LV，适合你的应该是 Marc Jacobs，浪人时尚，一种波西米亚的态度，英伦的浪漫气质。她现在小店的几款衣物是一个云南设计师的作品，她觉得可能会符合 Rain 的感觉，这个设计师也为杨丽萍设计衣服，但是她现在拿的这款包着重于波西米亚的嬉皮生活的禅意和舒适度，不同于市面上的花花朵朵，五颜六色卖弄热闹浅薄。拉萨市面上需要和阳光和白墙一样符合宗教氛围的概念，衣服是审美和生活理念的外化，是生活态度的最直接的体现，这是人对自身与世界关系的一个最直接的对话。

Rain 当然喜欢这个，知己般的亲昵。有钱先生没有一句可以插入的话，到底还是绅士，为两位女性添茶，招呼照顾，真正聆听的模样。有钱先生很想插话，问问 Rain 是如何卖画的，谦虚地讨教一个精髓和真相。Shine 没有听见，Rain 也不谈及，这两个决定彻底看不见他，谈高兴了，就马上要离开去试试那些形而上的美妙装饰。其实男人忍耐下来，这两个女人就会给他一点儿机会，倾听和不表现存在，没准还会让她们对他刮目相看，如果男人中途离场，那么就彻底成就了偏见。因为纳博科夫说过一句话，相当精彩：一个心怀感激的观众会乐于因戴着面具的表演者优雅地融入大自然的背景而喝彩。

卓玛是一个名声很好的妻子和母亲，无可挑剔。她像一个藏族女人一样贤惠，隐忍。

幼儿园的班车在周一和周五的下午六点半准时出现在小区大门处的路口，卓玛提前十分钟等在那里，等着孩子从校车上下来，扑到她的怀里。

今天小宝不高兴。卓玛问怎么了。

"妈妈，我不是藏族哦？"

卓玛："你怎么会这么问呢？发生了什么事情吗？"

"今天我们老师说，只有班上的藏族小朋友才上藏文课，我不用上。"

"那小宝愿意和班上的其他小朋友一起上藏文课吗？"卓玛有些警觉，语调变得更加温和更加小心地问。

"想啊，才让今天推我，说我是汉人，说我不是这个地方的人。"小宝吸了一下鼻子，显得有些委屈："我不是藏族。"

"小宝，你确实不是藏族人，但是你是在这里长大的，你可以学藏文的。明天妈妈去幼儿园跟老师和园长说说，我想这个不是什么难的事情。宝宝，来，让妈妈抱着你，好不好？"卓玛把孩子揽在怀里，这么小的孩子，为什么感受到这个成人世界如此的恶意？"小宝，妈妈会让你和其他小朋友一起上藏文课的。我保证。"

风雨前空气里一块湿意的云彩。可以预计的是来的那场雨，可是谁能够想到，这雨有多狂暴，多危险，裹挟着山上的沙石和泥土，倾泻而下，企图暴力塑造一个全新的地貌，遂了人的憎恨激情，把柔软深深掩埋。通麦出现严重塌方，死亡十三人，其中四名车友，道路正在连夜抢修①，通麦住宿坐地起价，被困人员爆满，波密住宿也在涨价。

然乌产茶，茶杯上漂浮白雾，水浸透山体，从然乌去通麦的这条路年年塌方，让人畏惧。

卓玛跟孩子说："今天我们出去吃，小宝想吃什么。"

"我要去吃冰淇淋，我要吃披萨。"小宝高兴起来，"爸爸去吗？"

"就我们俩，爸爸在加班。"

"爸爸又不去，老是不去。"

"走，我们去放书包。然后我们去吃披萨，还有大大的冰激凌，花爸爸的钱。"卓玛接过孩子的书包，孩子笑了，向家的方向跑去，"妈妈，你来追我。"

"慢点，别摔了。"

---

① 2006年通麦塌方事件在网上广为流传，后被证实为假消息。——编者注

藏餐馆

这夏天，类似私房菜的家庭式经营的特色餐饮有愈演愈烈的势头，从主街入深深的巷子，到了普通的藏式院落。

院子进门的地方砌了个水池，用河卵石堆了个假山，装饰了一块片石的六字真言，那是脱口而出的信，正做装饰。传言这声音是有魔力的，"吽"，从鼻腔上升到头部的共鸣，后保持住，气流在头部旋转，成一切正觉。一流水从石间往下流，水里漂着散落的花瓣。院子里湿润地长着各色的花草，葡萄牵起长长的藤蔓，绿色的叶子护着石头墙面，叶丛露出大半串紫红带霜的葡萄，院子不大，种着玫瑰蔷薇，还有一株石榴，院子边的护栏上摆放花开四季的臭绣球花开红的粉的热热闹闹。

大门口的吧台后面站着老板。格列冲他笑了笑，说了声你好。老板记得格列，黑红的脸上露出笑容，算是打过了招呼，他不记得他的脸，脸上露出稍显亲昵的笑容，让人觉得他记得。

"觉尼玛没到么？定在哪？"格列问。

老板补上更加亲昵的笑容，忙着说：

"还没呢，我让桑姆带你去。你到早了，他们还没来呢。"

一个笑嘻嘻的红脸膛的快活的胖普姆出现了。那个胖丫头应该直接放倒在男人的床上，等待男人回家啃上一口，为男人生一堆满地跑的黑胖娃娃。

"来啦。格列拉你好又来了。"

"有什么新鲜菜？"

"黄蘑菇上市了，买了不少。"桑姆普姆指着地上。

是的，大门的边脚晾着一堆黄蘑菇。

"好呀，来个酥油黄蘑菇。其他的，就按平时的来吧。"

沿阶而上，今天人不多，在二楼一个靠露台的小间，桑姆普姆俯身倒上清茶，放好一碟瓜子和一盘炒青稞，她的大裙子蹭着矮桌边，转了一个圈，大屁股就往门口走了。无知的美人呀，她不知道她的价值。格列坐在卡垫上，静候客人光临。上次罗布请客，今天约上一帮朋友捧场。

这家藏餐馆做得越来越好了，老板的家世渊源颇有来头，爷爷那辈原是某权贵家的厨子。在汉地学了经验，又学了西餐，结合了藏族传统饮食，改良和丰富了食物的数量和质量，是如何抓住人的胃口，这手艺带着遗传往下，直到重新焕发出生机活力。这几年，老人们，老身家，老物件，老蜜蜡老松石都越来越受到待见，凡事都有一段泛着时光的皮子，把新的燥热的反光磨成亚光，待客接物有着传统礼数。藏餐做得地道不地道这不好说，因为一旦坚守了地道，反而是一道高墙挡住了味觉的尝试，但还是保留了底线，总是有奇异的口感和气味，这环境也招人喜欢，藏式家装，民族特色用品，老照片，一群朋友，凡请客，都定点在这，不招摇，却有着一种执拗的坚守。藏家宴的菜分量少，盘子大。那就是一个命题，主题牦牛。西藏人民对杀生是很戒心的，朋友请人吃鸡，要找来专业人员处理鸡的生死问题，这是业。是善业恶业无记业。

口腹的问题就变得很微妙了，请朋友来家里吃饭，具体吃什么，怎么吃，放不放葱蒜，都要事先一一求证过。遇上萨嘎达瓦节，整整半个月出门买菜，卓玛会把肉食藏在蔬菜叶子里，不让人看出来，不能平白让人不舒服。在馆子吃饭，这个问题不归食客解决，能够摆上台面上的，都是允许的，洁净的，纠结之后妥协了解决了的问题。很麻烦，放不放葱姜蒜是很大的问题，在没有开始和开始的时候。如何解决食材的腥膻味道，或者就留着那个特别的气味，或者避开，不容易呀。

　　在拉萨，改良版的藏餐是迎合了游客的诉求的，但是藏族开餐厅是有很多民族习惯挡在胃的前头，还好。藏餐馆只要做出了口碑，生意是火爆到不行，要提前半天订餐。是老朋友招待新朋友的首选，是亲近，也是器重，是格列小心翼翼地拉开序曲应承隆重。

拉赫得萨

印度东边的孔雀，贡布川的鹦鹉，他故乡不同，同在拉萨相聚。拉赫得萨，哈萨。

走了很远的路，才走到这样古老的地方。用心去体会那些物质和记忆，倾听和感受，从中获得感受和启示。场是神性的，有能量的物质强化了场的作用，削弱了焦虑，惶恐贪婪痴妄悲伤和绝望。

法是真相，道歌变成情歌，虚实真假之间是灰色地带，不妨诱骗，猎奇，是说一个事情而已。丰富总是好事，就算不同的说法将一件事情抹灰了，含糊了，也不见得是坏事。

走过的地方经历过的事情，爱过的姑娘，呼吸过的空气，最大的修行在路上，路上的风景。

鸽子飞过炊烟笼罩的村庄，雪山起伏的远山是一道永恒的风景，地上的王指着天空，最大的秘密被长年在雪域上孤独的流浪汉洞悉，有什么比雪山更寂静？污垢的衣裙并不影响他的神性。这是一种信服的生活向往。物质被用来歌颂，恭谨对待。这是应该重新审视的物质态度，反省对物质贪婪和暴力占有。

偷窥热情在那一扇扇关闭的大门后面，石头墙上生出的茂草，平凡就是平凡，存在就不要去想超越存在，绝对不会被伟大的命运召唤这类东西忽悠。关注存在，草根跟大历史的宏大叙事中显得微不足道，可是这是更接近真实的表达。顽固地追求一个逐渐遗失的时代和美感。在一堆废墟里找旧物件，为一件蒙尘的美感追悼哭泣欢喜，裂纹和痕迹，都是时间的证明。古老的东西越来越稀少，连二十年前的老东西都越来越少了，大工业的工具和巨大块面的影响力产生不了情感上的共鸣，坚持顽固。

尼玛（周日）达瓦（周一）米玛（周二）拉巴（周三）普布（周四）巴桑（周五）边巴（周六）围桌四周，美酒佳肴，扎西德勒，吉祥如意。

序曲清茶酥油茶甜茶，送上一碟子炒青稞，一碟子葵花瓜子，摆上青稞酒啤酒白酒，然后上菜，是牦牛舌头，牛肺，血肠，主要内容是肉，土豆包子里面是牦牛肉丁，煎牦牛排，牦牛肉酱（夏布劲），牦牛肉炖萝卜汤，牦牛肉炒酸萝卜，主食是饺子馍馍包子糌粑，花边是素炒青笋小白菜油麦菜，酒酿人参果，酸奶，要是人多分量不够，请继续重复点上述菜肴或者类似羊排羊肉汤锅。流水一样吃喝开来，聊天敬酒唱歌，聊得或深或浅，也许从胃通达灵魂，醉意开启放松，众生有情浓郁开放。一阵阵的歌声，普姆给客人敬酒献哈达唱支家乡的歌，归家或者再次开始验证从食物开始。

藏餐有味儿，膻味，是酥油的味道。有人喜欢，考验人你对这个味道的接受程度来验证你在天性里和这个地区的融合度，如果他在这个地方没有高山反应，那是上辈子没有纠缠完的人和那些未完成的事情，奈何桥的孟婆汤都抹不掉的牵挂和债务，牵着牛鼻子的绳，稍微动一动，都勒得钻心的疼痛，没落的心慌，火星冲动，风吹动蒲公英的种子，上天入不了地。这样，虚无被证明了，神佛拥抱了宿命，赐福了轮回。铁路通了，很多人很伤感，哦，来西藏去西藏都变得容易了，西藏被庸俗了。在那样的伤感里面，仿佛喜马拉雅的高度被下拉了一千米，怎么就这么失落呢，原本生活在这里，只要是喘着气那也是挺得范的事情，一下子被贬值了，不小众了，喘口气你喘着气我喘着气，你中有我，我中有你，亲密的呼吸里多了些烟火焦躁味，香格里拉的曲径幽深的艰难变成柏油路的直达让人愤怒，如果通达到胃的道路变得顺溜，总归不舒服的。

应该绞尽肚肠，告诉你一些看上去奇怪其实正常打动人们心肠的小小事情。拿腔拿调，结着手印，卖弄咒语，请来神佛护法神冈仁波齐喇嘛僧众，把事情弄得玄幻神奇，共谋奇幻香格里拉盛宴，众乐乐，热火朝天众生有情谋稀薄天蓝之上幻觉上天入地取悦神灵三宝色声香味触妙欲喜悦圆满。质朴单纯的普姆用常年劳动粗糙的手给你敬献绘有吉祥八宝的白色哈达，为远方的客人唱起她在水井边学会的乡音歌谣，羞涩腼腆大喇喇给你献上羌阿姆^①：青稞酒呀，敬给远方的客人……

　　这些永远是现实和想象之间的切合点，用心良苦。这不是谁一个人的发明，总归是卖弄，就算真诚也罢。只是，人们是何等真实地游戏其中，津津有味，回味每一个细节，将每一个手势声音赋予仪轨的庄严，是的，需求。与众不同的生命个体与众不同过程体验会赋予卑微者尊严和美好。人所要的不过是如此而已，慈悲照耀容忍放纵如是。

---

① 羌阿姆：藏语，即青稞酒。

次吉说到自己的名字，就是一的意思。

一是种什么形态？惟初太始，道立于一，造分天地，化成万物。它是个低音，悠扬的从深处徐徐而上。酒已经喝得这么多了，吃了这么多，肚子里头早就是一品锅了，这个时候的一就是融合和包容，是大度，是带着醉意的狂歌，是仗一剑狂歌的豪情。

就是这些菜：

桑吉卓玛（1份，价值68元）。美味鲜香，牦牛肉配以白萝卜，力量与柔美的结合，男人和仙女，两者结合是爱情的完美，大厨精心搭配这款菜肴与这段美满爱情相吻合，美味更添浪漫。

带着虔诚幸福的心情，感觉每道菜背后独特的故事。

118元享受汉藏文化交流基地"西藏印象"。原价244元套餐：手抓羊排＋鲜虫草煮干丝＋多彩人参果或茶菇藏鸡＋阿里牛肉饼＋青稞乳汁或藏缘青稞米酒＋50元代金券。

风景这边独好，领略高原风情近在

香格里拉菜谱

咫尺！

在人们享受具有浓郁藏族美食的同时，人们将仔细观看：在藏文化艺术展示区，有精美的西藏工艺美术精品、各种藏族饰品、生活用品以及藏医藏药等，充满了浓浓的西藏氛围。西藏民间手工艺制作也搬至展区，食客在吃饱喝足后，都能亲手体验一把现场织布、打酥油茶的乐趣，顺带消食。

西藏菜谱多以肉食为主，适当的消遣，加速蛋白质的消化，尊贵的客人可闲庭信步，可以现场观摩藏族画师精湛的唐卡制作、绘制展示，避免在车流堵塞，避免 Pm2.5值为黄色橙色红色高发时段在室外逗留，看看唐卡画师的天然青金湛蓝自然无污染原始天堂之色，缓解抑郁心结，在丰富质朴西藏氛围中忘却俗事之烦忧，以藏医为基础引入保健功能的食疗菜品。

二楼的十四间包房，都被设置装饰成不同的藏文化主题，分别以西藏的七个地区以及神山圣水以及玛吉阿米的传说命名，所有房间都陈列西藏工艺美术精品。适合餐饮、沙龙、会议、展览、鉴赏、文化交流等各种功能和用途。各种活动中，都可应来宾需要安排藏族歌舞表演、献上哈达、汉藏文化交流项目等等。逢年过节，年轻的藏族姑娘和小伙更会邀请来宾一起加入热情的藏族锅庄舞……

次吉不停介绍。

Rain 打断次吉："物以稀为贵，物以奇为龙。我看着这桌子上的生肉酱，浑身起着鸡皮疙瘩，茹毛饮血的画面直扑而来，自己把自己激荡得够呛。莫莫，你别一脸不可思议的表情，你这种表情活像要男人虐死你，天真或者萌在我这里没有市场，知道伐？故媚字眉生，赶紧的，那边有疼心的大叔欧巴。"

衣禄光辉，为人孤独。

次吉不停地找莫莫碰杯，眼睛故意从杯子上面直勾勾地看着她："你知道吧，你属于这里，你就应该上来。我是真高兴你上来，你来了，我心里真是觉得好。你不理我，我也祝福你。我是你一辈子的哥哥，受了委屈找我，我替你出头。"

鲜姑娘有点羞涩地抿了口酒："次吉，你慢点喝呀。"这温柔婉转的低语，听得次吉心肝颤抖膨胀，又苦又甜。拿杯子的手却不停抖动，生了豪气要一口饮尽。

罗布说："我觉得藏餐里最暧昧的一道肉就是蒸牦牛舌头，和情色混合，轻俏纠缠。"

一个平而浅的大盘子，粗瓷，没有任何的讲究，浅浅的汤水上浅浅地斜躺着软绵绵的几片灰白色的绵软厚约半公分的肉片，码出一个抽象的舌头来，这舌头已经被菜刀修正过了，这曾经是一条健硕的舌头，在一个宏大的口腔里用柔软搅动带刺的荆棘。在午夜，一条舌头和另一条舌头无声无息相遇和缠绵。罗布体会到舌头的功能是形而上的，这种简单的物理摩擦具有滋养和升华情感的作用，那突起的味蕾触点在反复体验欲望的甜咸酸苦，摩擦，挤压刺激编码着多巴胺的强度和力度。牦牛肉被誉为"牛肉之冠"，属青藏高原的半野生天然绿色食品，富含蛋白质和氨基酸，以及钙、磷等微量元素，低脂肪，高热量，健身养神，对增强人体抗病力、细胞活力和器官功能均有显著作用。一头牦牛一条牦牛舌产量稀少，更显珍贵。

罗布说："我不知道在西藏吃的牦牛肉有多少是真正产于西藏，西藏草地上跑着的牦牛一头头饿得要命，夏季草场跑着吃不了半年草，冬天风雪天里就得饿上半年，牦牛眼神尖锐，五月在夏季的牧场上专门找虫草吃，夏季长的一点儿膘不够过冬用的。所以，很多人都知道，拉萨的牦牛肉是从青海过来的，又怎样呢，所有的牦牛喝着雪山"5128"矿泉水吃着十二万一斤的冬虫夏草。"

舌头纠缠

舌横机和上纵肌蒸了出来，味道真是不错。一条健康有力的宏大的舌头在这个海拔蒸煮一天都很坚硬，牛舌洗净焖煮，三成熟后捞出上高压锅蒸，上汽四十分钟算好。如此珍惜一条天赋凛然的富含营养充满神奇力量的舌头，应该用更加庄重的装饰拼盘，绿草如茵的金黄木盘中，黑亮的牦牛角上挑着鲜红的藏椒，一对雪白的牦牛牙骨分列牛角两旁，牙骨翠绿的生菜叶子上是秘制的牦牛舌头，店家要是卖你个两百八一盘是一点儿也不贵。等食客吃完那条舌头，绿草如茵的金黄木盘还要用着，黑亮的牦牛角等待下一次上场，挑着鲜红的藏椒要是不嫌辣吃了也没有关系，一对雪白的牦牛牙骨还会下次分列牛角两旁，牙骨翠绿的生菜叶子垃圾桶子里去。

为什么要配一碟干辣椒面的蘸料呢？是模仿那被丢弃的舌面上的肉刺吗？因为那舌头被刀具和高温修正得足够柔然，失去了正常的弹性，它怀念失去它的血和力量，没了办法，用这一点儿辣椒的刺激告诉你它可能是那样的脾气。

"来来，"罗布举起杯子，送到次吉面

前，"咱哥俩撞一个。"

"我需要去尝试生肉吗？总觉得那是很可怕的事情。"莫莫显出胆怯的样子靠近罗布。

"所以你带着偏见和许多的禁忌，这个会让你不敢尝试很多东西，就会失去了很多的可能性。你进不了这个地方。"

罗布倒上了酒。

"真是让人难以相信，我在和一个吃生肉的家伙说话。"莫莫说。

"一个男人爱一个女人，太爱了。就把这个女人一块一块吃掉了。这才是一种决绝的融合与拥有。"Rain 插了句话。

"好那个，啊。"莫莫嚷嚷地说着，僵硬地防御，"被碎尸大概也不是什么痛苦的事情吧。"

次吉旁观瞧见，又独自饮了一杯苦酒。世态炎凉，拉萨的天就是变得快，一会儿晴一会儿雨的。他在路上的时候，看见一块乌云扯着风从天边飘过来，跟着雨就来了。他从太阳地里一脚踏进雨里，雨水落在他的下眼睑上，顺着脸颊跑到嘴里。

酥油黄蘑菇，草甸上的黄金上桌了。黄蘑菇是颜色好的姑娘，内外兼修，浓郁芬芳。人人向往亲吻芳泽，市场上的价格卖得金贵。能够卖到八十一斤，还得赶早了，一般下午就没了。众人举筷，分而食之。男人们一直想着她肉体丰满充实，香味细腻勾引，招惹是非。在清晨市场的阳光里，她着黄裙，大喇喇敞开胸脯，衣衫不整，像是经过昨天狂欢还在迷醉酒精，懒散朦胧。在酒局餐桌上见着她，她未见得比别人着色更多，却是浓郁绵长。世人一声感叹，贪念她的颜色，迷恋那香气在齿间的纠缠，上好的酥油粘裹，粉滑浓香。

是谁爱她，守着她，可爱的亲爱的甜蜜的温暖的姑娘。在清晨的露水里见着她，娇憨羞涩地躲藏，他要闻闻她的香气，不要让野孩子找到她。她就是这土地的精灵，完成整个宿命多好。有一段不可言说美用来想象，不需要触到地面，一旦落了地，就让人惊叹，要被占有，不管付出多大的代价。

灯火阑珊处，擦擦疲惫的眼屎，她去哪儿了，所有人跟他说：你来晚了。

上了一大碟子馍馍，一个十二寸盘子大小的发酵面饼，已经用刀切好分成小块，堆了两层。众人伸手，莫莫要了一小块小心地吃了起来，眉毛轻皱，略显得为难。格列递给 Rain 一块，Rain 蘸了一下辣酱，舀了一勺生牛肉酱淋在面饼上。

罗布在瞬间走神，心里记起一个模糊的印象，画面绮丽。那是距拉萨很近的一个县城的甜茶馆，临近黄昏的一阵暴雨把他赶进那个奇异的空间，房子依山而建，一面墙就是山石，十月的冷雨里烧着劈柴。火啪啪响着，大锅烧水，蒸汽弥漫。一个类似江湖的棚子，火红的光，压低的乌云，乌云边上镶着火烧云，还有一丝蓝得诡异的天空。罗布惊慌失措，陷入一种武侠片的境地里，周围的人，刀削一样黑红面貌，沉默寡言喝酒，藏着江湖的肃杀之气，一声两声克郎球的啪啪声，听得人心惊胆战。它和梦境太相似了，所以罗布以它为不实之境，记混了梦和现实。

这酒有人喝得逐渐消沉，次吉说："昨天晚上我就喝大了。还没有醒酒，格列大哥今天又是豪局。实在是不行了。"

肚子里存的啤酒多了，有人开始跑洗手间。

Shine 突然提起布达拉宫上有一个著名的简易厕所："几年前，拉萨最高的建筑布达拉宫上有一座位置最高的厕所，没有记录在自助行的小册子里。要我说呀，上布达拉宫，一定要在最高处体会这个风光。直下三千尺，权势专用。"

玛布日山顶风光好，那是福田妙果处。排泄物快感冲动往下，时间久久才会落到实处。那液体带着人体内的秘密，被风吹离了抛物路线，有些战栗不安，下落，如同人的心被缺氧和在高处惴惴然。人在一开始就猜测，这就是个调戏。政府曾经明文，拉萨所有的建筑不能高过布达拉宫，所有的建筑都卑微，抬着头仰望着布达拉宫，所以这个厕所的位置真正高过了很多建筑物。

罗布来了精神："那个位置的厕所。我

还真不知道这样一个地方。就算人把自己吊在房顶小解，也没有在那个地方来得高险刺激。除非跑到拉萨四周的大山顶上，痛快地淋漓一下，气势好。"

吃，虎头蛇尾，敷衍了事。前戏鲜艳欲滴荤素搭配，华服美器美酒，过程铺陈，情意绵绵，高潮频频，吃了好了，消化了，处理排了，不见了。埋骨之所，敷衍嫌弃。这里没有怨妇的舞台，正经了，也就在最高处畏惧了。

有一丝风调戏了人的肥臀，冷从缝隙里蹿进来，马上就会让心不安。在布达拉宫，做管理的喇嘛都带着尊严和敬畏，对喧哗和无理总是严苛，上升到非常高的立场和高度，呼吸的频率，眼光的高度都应该制定严格规则，不说话也带着权威，目光所及处就是不满，说出话来就是极严厉的指责了。一个地方如果被赋予极高的尊严，就低头好了，屏住呼吸。在阳光敞亮处再喘气好了。后来那个厕所上了锁。像一般的人，去朝拜布达拉宫，就一个小时，尿还是能够憋住的。是呀，现在谁的膀胱还存不住半斤水呀。

低头一步，抬头一步。

众人大笑，说这个接得好。

格列买单。其他人等转战拉萨酒吧。莫莫小声对罗布说太晚了，不好。罗布揽住美人腰："夜生活才开始，拉萨最有意思就是这夜晚的酒吧。"次吉说，他就不随团体活动了，明天要带团下乡，要不早起没有精神，改天他做东请大伙喝酒。格列赶上正在聊天的 Rain 和 Shine，要和 Rain 说句话。次松尼玛达瓦米玛拉巴普布巴桑边巴在后面起哄，一群人在巷子里散开，像是从藏餐馆里泼出亮晶晶的水，映着深邃的天空，月亮白得连路灯都觉得羞耻。

达瓦 & 达娃

Rain 和 Shine，要单独活动，这让格列略有些不高兴。

Shine 说："要不格列跟我们一起去我那。我新得了一套茶具，正好今天开光。"

格列脸色缓和了一下："那就算了。我晚上喝茶，这一宿就别想睡了。"

"所以我们就先走了，你们好好玩。"Shine 招手拦车，拉开车门，"Rain，我坐前面。"

上了车，车开动了。Shine 回过头说："那个格列，我看对你有意思。"

"可能吧。搞不清楚这个人在想什么。我和他应该是两类人，不会交集的。"Rain 淡淡地说。

"我发现你对男人都不上心。"Shine 接了一句。车很快到了丹杰林路的口子，两人下车。路上还有游人在各个店铺逛来逛去。

Rain 感慨："没见过你这么不上心的小老板。"

"那你就不知道了，生意是挣小钱还是为人事。我开这个店，也就是让自己有个道场，认识朋友的，不然心慌。真的做生意，那个苦我是吃不了的。"Shine 开了锁，拉上卷闸门，打开灯。

"真的请你喝茶，你帮我烧水，我去拿壶。上次从云南发货，有朋友送了我一些滇红，我还没有开喝，今天试试。"Shine 拿出一把铁壶。

"哦，真不错，铁壶。好看。"Rain 掂掂，"真实诚。是你的备胎吧？"Rain 打趣。

"胡说呢，是朋友。"Shine 笑着伸手要撕 Rain 的嘴，Rain 忙求饶："小心，有壶呢。"

茶汤倒在杯子里，红浓透明。

"送你茶的人是下了本钱了。不晓得你领不领情。"Rain 说，"我跟你说，第一次喝酥油茶的情况吧。那个时候我刚上来头痛得要命，有一个漂亮的小子名字叫达瓦，请我去茶馆，叫了藏式饺子和一壶酥油茶。那个小子问我，你喜欢酥油茶吗？他说，我告诉你，酥油茶可以治高原反应，喝了酥油茶，你的头就不会疼了。待会儿我带你去喝酒。这个小子达瓦笑了，露出满口的白牙，显得没心没肺的。"

Rain 说那个时候，她的心因念而动，好像捡到一个珍宝。

Shine 问："那你们俩有没有？""你这个人心肠怎么这么怪呢？珍宝不可以用来浪费，要珍藏。不是所有的男人碰到女人都会有点事情发生。""Rain，所以有时候我不懂你怎么想的，这么美好的事情你怎么就无法享受，像个正常人那样？那你为什么跑到这个地方来？你到底遇到过什么样的男人？让我觉得你就是个尼姑？是尼姑的话，去山上好了，干吗一定跑到城市里来？"

"我给你编个故事好了，我没有你这么勇敢，我遇到过几个男人，我觉得没劲透了。我对他们没有兴趣。至于我有没有经历事情，怎么会没有呢？也许有吧，我经历得快，忘得也快，就当我全忘记了吧。至于我是不是一个修行者，这个自己说了不算。"

"听说你入选了荷兰的那个展览啦？"

"是呀，就是用藏纸和丝做的那个装置。做好了后，我又觉得没有多大意思。这个身份能不能由我担当。我在想，我用藏纸的材料，有些猎奇，似乎不太贴切。更大的自由，也许是真的能够面对自己身份的模糊吧。不追求可以被定义的关键词，越模糊可能越自由吧。最近我常常在想，一个风格过于类型化过于强烈的地方可能对我来说是不合适的。我想，还要跑更多的地方，过一过其他的生活，才能知道自己要什么吧。"

"要不我们去尼泊尔印度一趟吧，老在一个地方待着，也无聊。我也去进一些货。"Shine 提议。

"我和你不一样。我去一个地方，就要住上一段时间，懒得走的人。再说吧。"

"你这个人黏黏糊糊，一点儿都不爽落，搞不清楚你。"Shine 摆摆手，赶走一只凑热闹的苍蝇。

Rain 看着 Shine 执念的蓬勃的长发被一个松松的皮筋扎成一个马尾挑在脑后，有人就是这样能够安然享受，一点儿愧疚都没有：“我想去寺庙剃个光头，什么时候陪我去吧。”

Shine 吐了舌头：“我才不陪你去呢。上次我和你去庙里，无聊死了。老是做些奇奇怪怪的事情。不去不去。对了，我的一个香港朋友，对你画的唐卡很有兴趣，我约到你那看看。”

“我没有兴趣，叫他去逛八角街的唐卡店就好，干吗过来找我？”

“大小姐，人还是得活着的。别那么不食人间烟火。你挣点零花钱，来我的店里买点衣服犒劳一下自己么？”

“不用操心了。下次再说吧。我要是缺钱了，拿个画夹子坐在八角街，请你站台，不就马上有饭吃了么？”

“真是不知好歹的人哪。说不过你。”

Shine 刚停了下来，突然感觉到 Rain 的手触到她的后背，她一动不动，那手沿着后背环绕着她，Rain 抱住了她，Shine 一直屏着气，突然喘了口气，Rain 的嘴堵住了 Shine 的嘴。Rain 的嘴唇有些发抖，努力贴着 Shine 干燥的嘴唇，Rain 感到干燥至极的杀戮，在一点儿喘息都没有回应的屏息中，她憎恨自己影子在远处嘲笑着她，她一点点被羞愧吞噬，她一点点畏惧，她松开手。看着 Shine 站起，面无表情地拿起她的包。那款包有一抹艳丽桃红色，如昨夜不眠的红血丝在角膜上炸裂，让眼球酸涩难当。

Rain 揉揉眼睛，泪囊里揉出一颗干燥的沙子：“多谢茶，我该回去了。”

她走了。

罗布嗨林卡

拉萨河

　　清晨，早起的卓玛送走孩子，看见有人在房顶煨起了桑烟。卓玛看着那白烟慢慢升向天空，和云层汇成新的云彩。

　　卓玛出生地就是籍贯一栏，那个表格跟她挺遥远的。大学毕业的时候有援藏的名额，所有人觉得那西藏是个极苦寒的地方，没有人报名。卓玛把报名表交上去的时候，系主任眼泛着感激的光，终于有人了完成了这个任务。学校为她戴了红花，悲壮地把卓玛送上汽车。追忆过去，记下现在，到了老了的时候，卓玛就知道是怎么度过这一辈子的。缺氧这个事情，已经习惯了，没有觉得特别的，直到卓玛病了感冒了，喘不了气，照顾不了孩子。费很大的力气，才感到这可是一种禁忌和不一样的地方和海拔。卓玛总是感到新鲜感在一点点失去，要费很大的力气才能感到超越无聊。这种没意思的乏力，让卓玛虚脱一样的难受。

　　我定在这里了。

　　卓玛点起香，在上班之前，她要先诵读一遍心经：……无无明，亦无无明尽，乃至无老死。亦无老死尽。无苦集灭道。无智亦无得。以无所得故。菩提萨埵……

恭谨，我咫尺天涯。

守住。那已经是块毛玻璃了，每一道划痕在当时看来都是寻死觅活，不堪忍受。

卓玛的家在东边。孩子在长大，东边的老城在不停地萎缩。它还是原来那么大，因为更大的野心，更大的城市在它周边不停生长，快速地生长，而让古老区域变得更加萎缩。

昨天熟悉的地方今天就变了样子，让人无所适从，应该这样，一块石头长出另一块石头，应该有些年头才好。水泥装成石头样，一敲就碎，美元在贬值，欧元不值钱，人民币在升值，人工在涨价，着急上火算着汇率，一夜之间就有一个奇迹，有一栋楼一个院子一个孩子现世轮回。

拉萨是生长在拉萨河的河床之上的城市。卵石混交水泥和沙土。有坚硬的石头也有被风吹着跑的石头。

这条河，一个节奏千年走了一条道。冰凉刺骨的雪山上水流到这里还是那么冷。河床上的石头晒了一天又一天的太阳，十年二十年都捂不热一滴水，石头的眼泪结着冰花，所有的沙子都是心碎之后的舍利，雪白无垢。在冬天的夜里石头留住了一夜情，第二天早上水唱着歌跑了，越来越远，头也不回。

呜呜咽咽风里颂着悲歌，从树的枯枝间拉拉扯扯，扯掉了最后一片叶子，也撕碎了挂在枝头的蓝色塑料袋。裹紧了羽绒服，在这肃杀枯黄的悲歌里听到骨头的咯咯吱吱乱颤，风雪狂扫每一个山头，冰冻起远方的号叫。

拉萨的事业逐渐繁忙，人和人之间的关系，每一件玩物之间的象征关系逐渐复杂。这是危险的倾向，让水变得一点儿一点儿复杂，比如说上游一头猪大而亮的浮尸停留在水边，看样子水还是水，它还是它，它的身体有三分之一泡在水中，有几只绿头大苍蝇长得极其壮硕，趴在白色放光的皮肤上，水一波一波推着它，它闭着一只朝天的眼睛，很享受地在水里晃动着身体，很有规律地挑逗着它身边一丛水草。

拉萨怎么能搞得这么摩登呢。这是件非常荒谬的事情。当年轻人在热闹的新城玩乐消费的时候，玻璃幕墙在反光，那彩色的霓虹灯在闪烁，多少辆车堵在路上，焦急的人在不停地按动喇叭，出租车在疯狂超车。这个新城的任何一个建筑物都是那样拙劣模仿结合着民族特色和现代功能性，除了拷贝喇嘛墙的多玛草的红色垛口，几乎就没有其他的才能和想象力去创作和设计美好的事物，这座当下城市建筑物可以预见不用多少年，就会被新鲜的资本重新覆盖和构建。这个新鲜热闹的城市建立在一个古老的河床上，河滩上曾经摇曳芦苇，水波倒映着月光。水和女人呀，要承受多少流言，雨水和风流要花多少年才能将那些水泥块还原成沙子？

卓玛越发焦虑。

她居住的那片大量院落和平房的小区，总是有些有钱人看着冒火，多少钱会有多少钱，会生多少钱？有钱人有本事看到更多的钱，着急冒火要以各种由头马上将要进行各种改造，要把卓玛安静的生活拖入时代的洪流，因为卓玛多么不合时宜，不产生任何价值。卓玛院落里的花朵多么奢侈地在一片昂贵的金子上生长，只是产生一朵花的香气。他们说："那个地段，将是黄金地段，每天产生的钱会像一条水一样哗哗流动。它就不应该那样安静地被浪费，那么丑陋地显出这个时代的无能。"

卓玛本想走路散步慢慢行走，被燥火赶得躲闪不行，赶紧回到她的小院，关上院门，喘了一口气，抬头看看天空，没有任何改变，安心下来，走进她的房子。这就是她的状态，她送走孩子的校车，她害怕。

东城是一个山上住满石头的世界，那一块块的石头雕刻了整个荒原，如此宏伟，坚不可摧。布达拉宫坍塌了一堵墙，后来修好了。草木的柔声细语在说石头与石头之间看似是最可靠的联盟，有一天都会土崩瓦解。衰草在石头缝里生长，草虫在鸣唱，要歌颂新鲜物质，直到风把它们送到更远的世界。

卓玛就愿意停留在这里，住在她的世界里。用什么来抵抗？卓玛燃起高香，祈求更高智慧的开启。

烦

罗布发现同居和婚姻的规律是白天折腾，晚上睡觉，而他一直抵抗的，是要一个安静的夜晚。他的错误在于，不能因为过于寂寞，就放一个和他颠倒时间规律的女人在同一个房间里，打破他的规律，干扰他，纠正他，指责他。他不能容忍一个女人再参与他的生活，受够了。所以上午他睡得很沉，心安理得。

莫莫听着罗布沉睡的呼噜，待在房间里反而显得凄凉。她拿了一本书，看了几页，又放下。

来了一个电话。是次吉的电话。莫莫走到门口接听电话。

"喂，莫莫。昨天我才知道，你和罗布在一起了。我在送机的路上。这个事我想了很久，本来是不应该说的，只是希望你能够明白，不要受到伤害。罗布这个人你并不了解他，你别陷进去。"次吉原来是真的不想说，这不是好莱坞的电影，说也麻烦，不说也麻烦，说了让人觉得是我倒腾是非，不说我眼见着人进火坑，"有一种人能够给你刺激，但是不会带给你幸福稳定的生活的。"

"什么意思？我听不明白你的好意。我心领了，这是我自己的事情你永远是我的朋友我看重我们的友情知道你的好意，你应该为我的快乐祝福。"莫莫有些生气，听得见的危险让莫莫不安起来。什么意思？

莫莫心里慌张，从手机忙找电话，拨到了 Rain 的手机上。

"Rain 姐，请你告诉我，罗布是一个什么样的人？"

"莫莫？这么早？我和你不熟，我只是认识罗布。你想问什么？"

"姐，这个。罗布他？"

"你到底要问什么？"

"这个，罗布靠谱吗？"

"靠谱？你指的靠谱是？如果你是问罗布会不会因为和一个女人上了床，而一辈子就上这张床的话，这个我真的不知道。我知道这个人，在酒吧喝过酒，和他说过话，只是这样。你到底要问什么？

"我也不太明白。我不知道，我不知道该问谁？今天我想约你，你一定要答应。"

莫莫心烦，走进房子，罗布躺在床上闭着眼。

乱糟糟的房子。莫莫在一堆书里随手捡起一本，书皮上沾着灰，莫莫抖了抖，掉下一张照片，是罗布和一个女人，笑嘻嘻搂在一起。

莫莫推醒罗布。

"这是谁的照片呀？"莫莫拿着照片问罗布。

"什么事情？"罗布擦擦眼睛，他有点缓不过神来："哦，这是我老婆。"

"你老婆？"

"你骗我。"

"我什么时候说过我没有老婆？"罗布有点烦躁，反问。

"是没有说过，可是也没有说有。"

"那你什么意思。"

"我被你骗了，跑到你这里，原来你是这样的。"莫莫觉得自己要哭了，"我是真心喜欢你的，你骗我。"

"好了，小宝贝。我是没有跟你说过我有老婆的。可是，怎么说呢。婚姻是爱情的坟墓。你和我在一起，不是为了婚姻是不是？我的老婆，我们在一起已经很多年了，就像是亲人，早已经没有了爱情，一个人，要想从一而终，是一件很难的事情。如果你介意，那我只能放你走。"

莫莫低头不说话。

"我不想对任何女人再承诺婚姻，那是一个骗局。我不愿意骗你，但是我对你的爱情是真的，这个你要相信。我们不要陷入这样的纠缠。"

"他就要当我的面做一些事情了，一点儿都不顾及我了。"莫莫沉默着撕掉照片，"他是要赶我走了，我被欺骗了。"莫莫泪流满面，"我不是一个坏人，怎么会遭受这些？"

莫莫开始低声抽泣。

"我出去买包烟。"罗布随便套了件衣服，就出门了。

莫莫打开那台罗布从来没有打开过的台式电脑，电脑没有设开机密码，莫莫打开一个桌面文档，慢慢看着：

发生了很多事情。生活像是打了一个水漂，又流淌过去了。有伤害，有背叛，有离开。摊上那么多的事，不知道会在这个城市待多长的时间，其实所有的人只是单身一人。

怀孕让很多恶习得藏起来。这个让人很难受。怀孕要保持心情非常的好，这怎么可能？比如说做该死的孕妇操，和像白痴一样来来回回在屋子里转圈，还有就是定时去医院报道。为了孩子，一切暂时为了孩子。卓玛说这是一种简单的幸福。

前两天，我突然想起十七八岁的时光，莫名其妙地哭了。记得那次你在我家晕倒的事情吧，那时候我家还在三楼。我只听到客厅里传来沉闷的两声，可能是你摔倒在地上，又爬了起来，又摔了下去，我拉亮灯绳，觉得头也很晕，我看见你倒在过道里，场面很滑稽，我还笑了一下，伸手去拉你，拉不动，然后我也倒在了你的身边，使劲拉你，你就是不动。好像我也动不了了，我就喊我的父母，是我们的动静把他们惊醒了。爸爸把你拖到床上，妈妈扶着我躺在你的身边，又掐人中又掐手脚，一阵子你根本就没有反应，当时就害怕你过去了，终于你呻吟了："我疼，我疼。"

那个时候我们两个躺在床上，就像两条无助的咸鱼，同一命运。

我常常在想，是不是该信仰一个什么宗教。可是我该当谁的门徒，该供奉谁？喇嘛们已经开始打手机、骑摩托车，并且使用 Google。那天我跟卓玛聊天，她恭喜我有了孩子，说孩子会给我最好的礼物，不要担心。孩子是男人们送给女人最好的礼物。卓玛说格列也不是看上去那么好，好像对一个叫 Rain 的女人有点动心，我怎么能不担心呢？……

莫莫关掉电脑，出门去，她今天约了人。

去了！去了！到彼岸去了！完全到彼岸去了！觉悟啊！谨愿！

上午十点 Rain 接到了莫莫的电话，声音有些怯，却又坚决，不容 Rain 推脱。

莫莫约 Rain 出来喝咖啡，要么喝茶。一定要聊聊。

Rain 说，要聊天就去拉萨河边的仙足岛，那儿的酒吧清净，白天没有什么人。不要喝茶，茶越喝越提神，越来越清醒。姐姐带你去喝酒。买上几瓶酒，酒一下去，心里的很多东西就慢慢跑开了。去河边吹吹风。

"我想是他玩弄了我，也这样对待其他人。我不相信他。我恨他。我要让他付出代价，他不让我好过，我也不会让他好过。"莫莫说。

"我跟你真不是一路人，但你要做什么，跟我也没关系。对了，你为什么找我呢？我记得有个次吉，不是对你挺好的吗。"Rain 喝着啤酒，这场酒来得有些早，也有些莫名其妙。她有一搭没一搭地在手机上翻着空间的消息，在北京有一个《海拔五千米》的展览，名字比展览本身好，展览空间挂着经幡，像一次招魂。

"我不去找他。他对我好，我伤了他，再去找他，没意思。"莫莫喝了口酒。

Rain 放下手机，喝了酒："你不过是和你的爱和憎恨在一起，和你的欲望在一起，就跟喝醉一样，你和自己的放纵在一起。人和自己的欲望在一起，跟他人又有什么关系？我们太肤浅了，我们只能和自己的爱欲在一起，跟个迷宫似的，转来转去，知道累了，休息一会儿，又上路了。你就不要趟这浑水了，就回头吧。"

"姐，你也经过这样的男人吗？"莫莫喝得放松了，叹了口气。

"没有，没有，我什么都没有经历过，我只是看了很多事，别人的。"Rain 摆摆手里的酒瓶子，没了，"通"的一声，把瓶子扔到河里，"这就是旅行，用它的方式在心里烙个印子，就像是在邮局盖个戳，你到过这里，然后再见。"

莫莫笑了："Rain，我不喜欢你。"

"我知道，"rain 大笑，"我也不喜欢你。"

"这年头有太多的水，"Rain 有些叹息，拉萨河里的水又涨高了不少，空气里湿气很重，"今天晚上就会下雨。你知道吗，明天你就会忘了今天的痛，雨总是这样的，把什么都冲刷得干干净净，酒也是这样，跟下雨一样，哗啦啦，把难受冲得干干净净，明天你就是一个新鲜人了，可以爱上一个新的男人，如果你昨天爱了一个男人，过了今晚，你就会恨他了。如何爱他，就如何恨他。总之记住一句话，你没错。"

"那天，你说我装清纯和无辜，所以我就想找你聊聊。我没有喝太多的酒，只是脸红了，我其实酒量还可以，我第一次发现。"

这两个女人变得无话可说。沉默地看着拉萨河对岸的山。今年拉萨雨水不少，山上的草全都返青了，一片柔和的绿色把山上的顽石修磨得线条柔和。天有些阴，河边洗衣服地毯的人没有几个，远处的河滩上只稀疏地摊着几张毯子，几个人在远处围坐一起，坐着喝甜茶或者在喝酒吃果子。

天气好的时候，这河边人多了，有人洗头，有人洗澡，有人洗衣，有人喝酒，男人追着年轻姑娘。沐浴节的壮观场面越来越少，月光下的裸图和追逐好像是看不见了。Rain 慢悠悠吐出一句："也许你来的时候不对。就找不到自己想要的东西。"

"你说这一切都是真的吗？"莫莫摇摇头，"我回了家，就忘记了。你怎么能够活得这么不真实呢？"

莫莫说，干脆打个车，到八角街买衣服，上次她看上了一件棉布花裙子，是长长的吊带，上面印满了花朵，上面缀了串珠和贝壳和闪光的亮片，她一直想要那么一件衣服，鲜艳得只能在拉萨这个城市才能穿着，离开了这个城市，就变得特别奇怪，只能挂在衣柜里，偶尔拿出来瞧瞧。

"你去吧，"Rain 对莫莫说，"今天下午会变天，晚上会下雨，我在河边多待会儿。也许在一个屋檐下听着雨。"

"你不和我一起去吗？"莫莫有些奇怪地看着这个女人："你很奇怪，你知道不知道。"

鱼

宗角禄康菜市场搬迁后，它成了一个公园。

它在布达拉宫的后面，龙王潭的水光显得她美丽婀娜。沿着布达拉宫山墙的一排转经筒，黄澄澄地闪着光，经常有阿佳和普姆带着桶子抹布酥油搽拭上油，所以经筒用指头一推就动，很少有吱吱嘎嘎的声音。布达拉宫的石墙年年刷上白粉，一层盖着一层，转经筒在白墙上投下的阴影里旋转，深沉的蓝色里有着黄铜金色的反光。白杨树荫下的光斑斑驳驳，一只放生羊站在石墙上脖子上铃铛随着羊低头吃草的动作偶尔发出一两声当当响。车流的喧嚣在不到百米开外的北京路上，瞬间就让你在寂静里感受到缓慢的诗意，慢慢绕过一个缓慢的弯道，树丛里慢慢出现水道。沿着水边生长的左转柳一下子显出她们多少年来冲撞扭结的枝干，盘旋得是那样惊心动魄。

每年萨噶达瓦节前推一个星期左右，各个菜市场里的鱼贩子就会卖大量鱼苗和小泥鳅。那是放生专供，小小的鱼扭动身体和同伴密密匝匝挤在一起，在水面上抬起头来，齐整整地吹着泡泡。好像这命运还挺美好的，它们的生命是如此的辉煌精彩，注定传奇，带着传奇，无忧无虑生长在大江大河之中，修成水族里的精灵。传说拉萨的水系直通大海龙宫，就像唐古拉山的一滴水宿命在海洋里一样，一条历经沧桑的鱼在某个月夜幻化成龙族的一员。这是佛子的诞辰，增光添彩的供养，在菜市场里一斤半斤两斤也不错，给了钱，大的小的塑料袋再放点儿，带着水，扎紧，带着家人朋友孩子，放生到拉萨河和龙王潭罗布林卡的水里。

拉萨菜市场的小鱼们来到更为广大的水里，幸福地生活着。龙王潭的水里最幸福的不是小鱼，是那些肥得飞不起来的白鸭子，它们极度慵懒地在水里慢慢游着，对食物厌倦到无视的地步。游好水，它们慢慢踱步在岸边，在柳树的阴影里梳理着羽毛，脚边有一圈翻白的鱼肚，肚子浮在水面上，不喘气停了呼吸，静静安享死后的太阳是那样平和，一只鸭子伸出健硕美丽的金黄色的过膝长靴，轻轻安抚：你得了太阳的热也得我的热，我们在曼荼罗无限循环的圆里得了该有的轮回。可怜的幸福的鱼，你还太小，你不知道这水是通向一个更大世界的秘密通道。不过你是富足的，多少好人儿撕开一个个的饼子馒头面包喂食你营养你。南无阿弥陀佛，阿门。龙王潭的夏天，接纳所有幸福的鱼。鱼伸着亮晶晶的脑袋，吐着整齐的泡泡，泡泡在阳光下闪着光，转经的人们抛下食物，在慢慢沉陷水里的时候被某一条鱼接到。龙王潭每天接纳大量的生命也抛弃大量的生命。这是一个命运更替很快的地方，人们陆续在岸边种上花草，做成美好的景观，安上各色的灯光，设置行人走的道，在绿树和鲜花中放置一个个建筑。

　　老人和母亲带着孩子到水边散步。"嬷拉，一条好大的白鱼。""妈妈，那条红鱼游过来了。很多小鱼在排队。"

　　有人放生，有人专门捕鱼。专有人挣这个钱，拿了网子捞这些鱼，弄了很多，再卖回市场。

　　幸福这档子事情也是需要一个大的体量。如果这个水里承载太多的幸福，就会有各种理由淘汰一批，比如说缺氧。所以说龙王潭永远有那么多鱼，大鱼和小鱼，保持着相当的密度，不能容下更多，实在是氧气稀薄的原因。龙王潭的水中有一个石头砌的小岛，岛被柳树林圈了起来，岛上有一座龙王宫，塑了美丽的龙女，墙壁上有美丽的壁画。有一座石桥通向这座庙，桥的那头落了锁。可以倚在桥上拍张照片，柳丝在风中轻摆着腰肢，安抚了水，遮挡起庙檐的一角，欲说还休推荐了这林子里的老庙可能藏着宝贝。一个漂亮的女孩被母亲打扮得像个穿着蕾丝裙子的公主，宝贝换个动作，笑一个，再来一张，好，再换个动作，再来一张。女孩被摆弄了好一会儿，不干了，从桥上跑着到了树荫下的人群里，那里有很多孩子在玩耍和争斗。母亲立在桥边好一会儿，对爸爸说，给我拍几张。孩子们欢笑着跑进孩子扎堆的游戏区，母亲们靠着栏杆远看着孩子，近处水里的一只白肥鸭，迈着短肥腿上了岸，斯文地开始梳理毛发。

　　仓央嘉措怎么那么多情呢，对着琼结姑娘达瓦卓玛唱起情歌。落下浪子的名头，搅碎月光下的水波，你让墨竹色青怎么想？谁还记得那个姑娘？

缠

莫莫离开仙足岛，酒精还让她有些飘飘然。她去买了那件花裙子，印满花朵的裙子穿在身上，她有些悲凉地笑了。她看见一家小旅行社，就报了一个明天去纳木错的行程。她想，去完纳木措，我就回家。我就在这个地方待七天，第八天我就走，离开这个地方，带着我的花裙子走。她打了一个电话去订全价机票，居然还有最后一张，她笑了。这就是命。

她又回到罗布的房子，罗布在家。

"你给我画张画吧。"莫莫对罗布说。

莫莫静静坐了一个小时，罗布在速写本上画画。莫莫觉得身体慢慢僵硬，站了起来，走到罗布身边，看罗布画得怎样，罗布只画了莫莫的一双手，在手的旁边写了些东西：

这让我变得激动不已，并且满怀希望。我想着有一种江湖肃杀，让血冲动的生活在等着我。多少年后，我有着刀削一样的脸庞，我的袍子里放着一个白色姑娘和一个黑色的顾念一起浪荡天涯。我跑到这个藏北草原上的城镇，寻找危险的枪和子弹，在皮靴里插把刀子，在酒馆里喝酒幻想冲动杀人。随后的几年，那曲镇就变得整齐划

一，那风打在大小如一的石头墙上就仿佛是另一个城市，风变得规矩了。离开四四方方围起来的城市，风又恢复了野性，吹得蒿草直愣愣的不知道怎么抖动身子，这个地方怎么可能会有树呢，风会多放肆拔起一棵树，卷到天空，小石头被风吹着跑了，草原上偶尔只剩下一些顽劣的石头，在对抗，也在妥协，没有棱角，蜷成一团，奇形怪状地趴在草地上。人活在这个地方，真他妈是个传奇，所以这个地方的人只吃肉，太烈的风，喜欢吹皱女人的皮肤，带走肉的水。唱起牧歌，钻进姑娘的帐篷，生出结结实实的儿子，在草原上跟着风跑。

罗布牙齿一磕，舌头在嘴里哗哗响成一片，舌头一卷就往胃里跑。罗布看见莫莫眼里有些亮晶晶的光，一把搂紧这个女人，不一会儿，这个女人呻吟起来。完事，在一堆衣服中的莫莫撩起头发，对着罗布的耳朵说："我给你生个孩子好不好？"罗布手里的烟一抖，带着火星的烟灰掉到被子上，罗布一抖被子，烟灰落在地上，被子上留了一个小洞："我不是这样有福气的人。"

罗布跳下床，穿上裤子。

原来阴道通往无底洞，需要填的东西太多。

"我不能。不要动不动就承诺太多。一个女人过早说要一个孩子，会带来太大的麻烦，会提前终结爱情。莫莫，我跟你说，我是一个只想享受爱情，不想要孩子的人。如果我给了你过多的幻想，那是我没有说明白，让你误会了。"罗布抽着烟，还是决定把话说明白。

莫莫沉着脸，穿好衣服，眼睛不知道放在哪个位置："我现在出去走走。"

莫莫从夏萨苏巷拐上大昭寺广场，转经道上人还是那么多，莫莫突然有了老人的感觉，一些新鲜的孩子般的快乐慢慢消失，原来老就是这么回事，一个愿望被打击了，人就会老一些。原来母亲这样世故得不像样子，是因为被打击得太多，受的伤太多。

莫莫她打开手机给罗布发短信：

那一夜，我忘却了所有，抛却了信仰，舍弃了轮回。

莫莫想，一会儿就会有短信进来，手机一直安静，让人难捱。

莫莫笑了一下，看看时间，时间还早，就把手机关了。走到广场出口，看到一家德克士，进了门，坐了个临窗的座位，叫了薯条和可乐，随手翻开一本杂志，打发时间。

快八点了，莫莫打开手机，手机上来了几条广告短信，都跟她无关。

莫莫拨了电话过去：我来拿行李。莫莫磨蹭到九点才到罗布的房子。"这样不好，我走。"她对着来开门的罗布说，罗布不说话，恶狠狠地把莫莫推到房门里，压在门框边，莫莫刚想开口，罗布的舌头就搅进了她的嘴巴，莫莫顿时觉得仿佛要窒息了。"不许走，"罗布轻声吼道，"明天再说，今天晚上你得陪着我。"莫莫说："我喜欢这个老房子，你不好。"

"那是你送上门来的，跟我出去。"罗布松开莫莫。

"我不去。今天累了。"莫莫说。

夏季风干肉

　　卓玛笑着对躺在沙发上玩手机的格列说："今年冬天，我就把你风干了，就挂在厨房的钩子上，你就实实在在存在这个家了，真正起作用了。"

　　格列好像没有听到，眼睛都没有抬一下："哦。"格列以前会露出"我就知道"的表情，然后卓玛就装着崩溃的样子开始说，然后没完没了哭，这让格列很烦，没完没了全是一些鸡毛蒜皮的小事。不爱哲学的女人真是讨厌，只有小事情上没完没了折腾，我觉得我觉得，卓玛总是说我没有感受到。哪有那么脆弱和麻烦。格列合理适度对有些话听不到了："什么，你说什么？"格列不是装，他真的没有听到。

　　格列的听力越发不济。听与不听已经收放到直觉层面。为了不必要的麻烦，他开始养成了一开手机，就插耳机的习惯，一副在听音乐休息中请勿打扰的架势，能够省掉很多麻烦，世界一片静谧，耳机没有一点儿音乐。

　　格列在 QQ 上和德吉聊天：小妹妹，最近怎样？

　　德吉写着：生活啊生活，就那样。我交一个男朋友，就是那样。生活好无聊，工作很虚伪，混口饭吃，一点儿意思都没有。

　　格列说：心就是世界，你不要那么消极，你积极了，世界就美好了。

　　德吉说：哎呀领导叫我有事没完没了我得下线有空再聊，烦死啦。对不起，对不起，我下线了。这世界最讨厌的就是自认为给你饭钱的那个人，无理取闹到了极点。

　　格列摇摇头，现在的年轻人真是浮躁到了极点。他无聊地抬头看见卓玛嘴皮在不停动作，不明白一个焚香的女人为什么不守口戒，还世界一个清净。

斗

夜晚，正在营业中的拉萨老城某酒吧，时间约在晚十点到凌晨一点之间，从窗户透到大街上的灯光昏黄，有音乐传出，不是现场。这更像是一个偶发事件。因为没有预先设定的时间地点，人物关系，没有设定情节高潮和转场，绝对是偶发事件。罗布在转场酒吧，在踏进大门的那一瞬间，并没有预知到，一个小个子猥琐男，会给他一拳，略有打偏，要是他的个子再高一点儿，拳头就会落在眼眶的位置，也许罗布将会有一个海盗的造型，这个看来不是势均力敌，也没有采取公平原则，是完全没有准备的情况下，一个突然爆发的偷袭成功，证明了小个子次吉不是男人的羞耻行为。

罗布进门后，并没有太在意，而是先忙着找座位，然后他看见了次吉，也预计这家伙喝了酒，一直在等他。他看见次吉从桌子上起身，并且向他走过来，可以肯定次吉是喝了酒，因为次吉向他走来的时候，脚步略有踉跄，他也没有太在意，是熟人，过来打个招呼也很正常，谁知道这孙子动手，就这么着了道。

做一个情景还原的话，是这样：

次吉之前就喝得有点大，当时酒吧里一群游客在跳舞，次吉晃荡着身子，上去一句话没说，对着罗布的脸就是一拳，打了个罗布措手不及，跟跄地往后倒，周围的人手没有拉住，带着旁边的椅子，罗布差点撞在墙上。等罗布站起来刚想反击，两手已经被旁边跳舞的人架住，看见同样被几个人架住手的次吉伸腿要踢他："你他妈这是耍酒疯是吧，走走，到外面宽敞的地方练练，偷袭，你他妈这孙子。"和次吉一起的，明里劝架，却挡着罗布的手脚，护着次吉往外撤，次吉一边还骂骂咧咧："这狗日的就欠抽，早就应该教训教训你这孙子……"那边人拉着罗布的手脚："算了算了，哥们儿，这个喝醉了……"一会儿人结了钱，一大帮人都散了，留了几个波澜不惊的喝酒人继续喝酒聊天。

罗布回过神，次吉已经被人拥着走了，这给了罗布强烈的羞辱感。

罗布从酒吧里出来，回到家，推开门，门里一片漆黑，开了灯，看见莫莫手里拿着电话，在流泪发呆。罗布对着不知所措的莫莫："你他妈这是什么朋友，属疯狗的是不是，今天他妈倒霉。"

莫莫一脸茫然："我也不知道怎么回事呀？"

"你他妈跟这个孙子什么关系？"

"没有什么关系，我也不知道这是怎么回事。你，和人打

架了，是不是伤了。"

"别装作一脸无辜的样子，你给我滚。"

"别生气，对不起，可是我真的不知道这是怎么回事，跟我有什么关系呀。"

莫莫的哭哭啼啼没完没了让人厌烦，屋子里没有第三个人，没有人围观。到底次吉的力道不够，没有造成淤青和出血。要是见了血，事情就会闹大些。

莫莫流了一夜的眼泪。在窗外时断时续的猫叫声中，她抽泣着睡着。她蜷缩在床的一角，怀抱着枕头，头深深地埋在枕头里。明天早上我就走，她对自己说。

天又下了绵长无声的雨，不着痕迹地像雾一样弥漫。

清晨，她拎着行李箱，悄无声息地穿过父母熟睡的房门，里面传来父亲沉闷的鼾声，她轻轻带上门，眼睛适应了楼道里

潮闷的昏白的光线，走下楼梯，走出楼门。她向上看她的房间窗户，紧闭的拉紧的窗帘是一个没有人的房间，马上会长满灰尘。看门的老头嘟嘟囔囔拿着钥匙给她看门："姑娘，这么早就出门呀。这是去哪？"嗯嗯，莫莫胡乱应着，出去——出去呢。就在莫莫走出门的一瞬间，她看到了老头昏暗的眼睛，老头趿拉着鞋，一边走向他的小屋一边嘟囔，现在这些年轻人哪，不安分得很。造孽哦，什么世道。哪有什么好地方。人心坏咯。

莫莫在床上不时翻来覆去，仿佛她在经历颠簸。当莫莫醒来的时候，她觉得肌肉酸痛，她在刷牙的时候，在洗手间那面灰扑扑的镜子里，看见自己浮肿的眼睛和眼袋，唉，原来人就是这样慢慢老的。

凌晨三点终于又是一场雨，下雨了，下雨了，天还没黑就下雨了。黑狗多吉被雨赶着狂奔起来。

苍
蝇

罗布在睡觉，雨声让莫莫醒来。莫莫又鬼使神差打开电脑：

我背着行李走在阳光下的水泥路面，我们穿过人，穿过出租车公共汽车，警车和三轮车，并小心避开路上的突出的石子和泥块，到了长途汽车站前，罗布去打听车票，我守着行李，小贩们轮流向我兜售他们的鸡蛋和葡萄糖。罗布很快买了车票出来，我们进了候车的院子。院子里的人愈来愈多，人们开始吃药、喝水、说话，车子开始动了到了车厢，热烘烘的脚臭，体味和焦躁一直到躺倒不到两尺宽的海绵垫上，车子动了。

下午六点，车子停了，一个四川饭铺，红的油布，蒙着饭桌的油污，黑屋子端出的蛋炒饭——味精和着油。

晚上很冷，让我们抱在一起，我们睡过去，然后再睡过去，最后就天亮了。

清晨的阳光缓缓地，奢薔缓地投进车窗，车厢里解冻般地蠕动起来，那曲草原清清亮亮的就在外面，雪亮晶晶地躺在缓坡上。吃点饼子吧，牦牛们都在吃草。

中午一点，车到当雄，车上的人下来了

开始吃东西，上厕所，晒太阳，吃东西，丢东西，粪便和易拉罐一同在太阳下舒展身体。

下午四点，我把行李搬下车。罗布说，看哪这就是我们的城市。他的脸是那么疲惫，他笑着：这就是拉萨呀。跟我走，这就是拉萨呀。

那真是一处极好的地方，一个狭长的山谷，雪水从一条小河流下，欢叫着冲击河床，激起白色的浪花，在流过一个平缓的草坡后，开始蜿蜒围绕村庄。村里人在草坡上引了一道渠，渠水在磨房那有了热情的一跳后，就开始平静地滋润渠边的树林，流过每一户人家，汇入小河。

我躺在草地上，绒毛般的草地柔软得很，一丛丛黄色的小花娇嫩地在小水洼边开着，帐篷也在草地上搭好了，食物很丰盛，啤酒和饮料已经在水渠里放好，就等它们凉了。太阳不大，眼睛可以直看天空，白云一朵一朵地在天空散落着，太阳一会儿在云彩里，一会儿又出来。今年雨水丰富，草都长得很茂盛，野花们开得很热闹。

······

莫莫看得浑身起了鸡皮疙瘩，从手机充电器上拔下连线，接到了电脑的 U 盘上，点了一张手机照片上传到了文件夹。

莫莫关闭文档。顺手关了电脑。莫莫拔下连线。她已经有几天没有关注空间了，看了些朋友们的自拍。打开了一篇文章，说到各种花草都有毒，好看喜欢的都有毒，致幻、过敏、昏涨、呕吐、失明，心理压力会在无形中增加。一个有颜色的世界就是一个毒蛊的世界。人会不会有毒？莫莫把手机对着雨雾迷蒙的夜，Frigga 女神无限沉默，白色的云网在无限生成，那么遥远的，轻柔的。莫莫拍了张照片发呆。她又打开空间，看了看次吉的相册。

把腐朽推到表面上的那些人？你们用自己的意识促使其公开化。这就是你们受到的感召，这就是你们所是的。答案比你们想象的更简单：你已经在做了，你正在做。是老灵魂，远道而来。女人是藏有秘密的神秘者。

"所以说你还是没有想明白，一个女人生存在这个危险的生态中要学会以弱当强的存在智慧。女子本来是荫蔽的若水之命，倚贵格，光显他人的光泽，而耀华其身。地势坤，君子以厚德载物。所以你没有由来把自己放在了一个壮烈的战士角度，活得不自在。看来你还没有参透自由。别看你好像拥有了绝对的自由，其实拧巴不拧巴，你自己明白。你还是别把我看成一路人，你这样的生活，我也是只能旁观。"Shine 曾经对 Rain 这样说。

Rain 坐到镜子前，在镜面上用口红涂鸦，慢慢她的泪水上来，翠西·艾敏，我的才华脱不了这样的属性，为此我憎恨自己。幸好那个女人终于与那些乱七八糟的事情划清界限，说："我老了，确凿无疑地老了，那些事儿，看起来就好像很久以前发生的一样。"

那个人是一个人，也只是一个人了。Rain 对着镜子说："妈妈，她受伤了。"有人准备好了纱布、酒精、白药和创可贴。她能做的也只是这些了，她招手：下来呀，别

画像

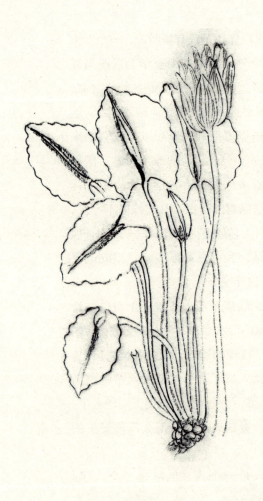

跑了。"

"一会儿我就不见了。妈妈，你抓不住我的，"Rain 喃喃地说，"我一直穿着出门的衣服。你去哪儿呀，你问。出去，我离开，想要神气活现提着我的生活出现在你的面前，这是我。我一脸轻蔑，那是对你表示厌烦和傲慢，我会把傲慢表现得很微妙，手里一直拉着我的行李箱，表情淡淡的，设法让你感到难受。你会不知道该夸奖还是嘲弄，因为你也知道这是给你的，是奉献给你的。我不会跟你说什么，提都不会提我是怎样包扎自己的伤口的。你不会知道我怎样把绷带缠在自己的头上，缠在乳房上，缠住我的子宫，缠紧我的阴道，不再跟随你的命运。我会像你预料的那样，不同任何人商量，走出家门，拖着我的行李箱，上面贴着我走过地方的标签。我走出小区的大门。我知道你在背后偷看，我根本不会同情你的，你日渐憔悴，伤心哀叹地说，她总是这样，从来不在乎我。她演了一出好戏，就是要让我难受。"

"我不想服从于任何人，包括自己。"Rain 擦干净镜子，凝视镜中像，转身点了支香。

她躺到大床上，关了灯，睁大眼睛听到雨终于落了下来。"雨一来，影子就跑了。"她对自己说。

湖

莫莫一早就走了，去纳木措了。

当她走出屋子，拥抱全部的恐惧、情绪障碍，迎接她的清香甘冽的上午的光。阳光流经莫莫，并希望对她传授许多奇迹般的礼物。那就够了。那样做，光已经表现出伟大的勇气和信念。沉重的悲伤、恐惧和愤怒、受伤、受挫和被误导的那部分，被光引导出一个形状，潜伏在阴影里，享受在宝座上。

当莫莫站在阳光下的那一刻，她兴奋地抽动鼻翼，感到鲜活的空气里有着无所畏惧的勇气。早就应该这样做了，她的双手从头顶伸展画了一个圆，放了胸口的一股闷气。

安德罗梅达，克甫斯和卡西奥佩娅的女儿，就是那位被奉献给海怪的美丽公主，被绑在海岸的石头上等待海怪来吞咽，正好被刚解决 Gorgons 三姐妹妖女而归来的佩修士撞见，解救了公主。辛德瑞拉的白马王子骑着灰马走了。仙女座的星云昨夜在纳木措上空闪闪发光，有几颗流星拖拽尾巴坠落到了湖里，为纳木措女神的龙宫添了些宝贝，宽阔的草原，微咸的风正准备接纳所有的眼泪，开启所有悲伤的人，有希望的人。Frigga 女神已经织好了合适的云彩，在草甸子上轻轻追逐，来把黑夜的一些梦境落到真实里。

　　车上的莫莫求证在亦真亦幻的风景里，蓝蓝的天上白云朵朵，美丽河水泛清波，雄鹰在蓝天上飞过，成群的牛羊逐水草而牧。远处皑皑雪山环绕，绿色草原深处，回荡着牧羊姑娘空旷而悠扬的歌声，车载音乐循环反复，放松了莫莫的神经，high 歌有谁能与之共享？莫莫目光投向远方，在她的目光里有一片碧蓝的大湖，离她越来越近。邻座的男子，为这一个女子吸引了，她为了抵挡这巨大的阳光，带了一副茶色的墨镜，墨镜后面是湖水一样的眼睛，她看上去那么年轻，在车里喧哗的惊叹中，她就像湖水那么安静，放弃了轻浮颜色。他决定目光尾随这个穿着白 T 恤、蓝色牛仔裤的，身体略显清瘦的女子。

　　在纳木措的游客能够停留一个小时的时间。莫莫脱了鞋子，坐在岸边的石头上，给次吉打电话："啊，我现在在纳木措，明天的机票，下午一点。你一定要送我，真的没有必要。我一个人坐机场大巴就好。"莫莫挂上电话。莫莫冲一个穿冲锋衣的年轻男人扬手："对不起，你能给我拍张照片吗？"莫莫的双手抱着双腿，看着镜头微微一笑。"多谢啊。"

庙

中午的阳光晒热了屋顶，藏香在所有的器物上留下味道。罗布把床单滚成一团丢到洗衣机里。床单上的河水波光粼粼，倒映着黑的苹果树，树下野草湿润而忘情拥抱，鸟在空中画着蓝色的弧线。美好的颜色被洗衣机白色的水流和泡沫裹成一团，上下旋转，就像裹挟进去一个名叫罗布的傻子。罗布盖上洗衣机的盖板。

今天你是平静的
云在迅聚迅离
今天是平静的
对庸俗的美人献媚
浪费掉了今天
和更多的今天

一个人离开家乡，流浪在村庄之间。他感到四肢无力，醒了就死不了了，他这样想，他就活过来了。

他偷窃，饥饿，但是从来不乞讨。他不得不小心地接近村子，他想引诱一只走到村外的狗，想必他就是想引诱这条狗而已。这条黑狗，这条叫多吉的狗。

罗布说，玩砸一个游戏算什么，创伤性

的游戏，从来也不会要了人的命，只要她喘着气，该怎么过还得怎么过。

　　她还年轻。我们共谋盛宴。此时落幕，却是最好。

　　处处都是水火之缘，风声一紧，从刀锋上辨认色情，任人在所有的路上胆寒。

　　罗布去甜茶馆要了一份土豆咖喱，吃完饭，突然想起这附近有一个很小的寺庙，就在这后面巷子的深处，他总会在那里找到平静。并不是他在那里能够找到平静，而是能够在那个地方被平静压榨得只能体验寂静，它让罗布只能直视恐惧，所以罗布会不停回到那个地方。正常的生活就是没完没了的死亡，充满了妥协的卑劣和谎言。不管一个人生活在一个多么热闹的地方，一个人总归是孤寂的荒原。罗布也憎恨自己既享受不了荒原，也不能完全生活在人堆里。

　　"所以我总是给人带来伤害。我需要一个意想，一个特例而又飞翔的幻境。西藏是我当时觉得最好的选择。所以我真的不能给你要的，也许不应该把你拖进来，这是我的自私。你要的东西，需要一个人很大的勇气承诺，我是个胆小鬼。我真的给不了，你不要怨恨我。我是一个有很多问题的人。你要去过一种可以顺藤摸瓜的生活，可以看到过去现在和未来，这样有安全感。"

　　罗布记起莫莫伸手指指院子里的花问他：

　　"那是什么花？拉萨到处都有这个花。"

"大家都说那是臭绣球。开得很漂亮吧，藏族人特别喜欢养这个，一年四季都开花，全是小小的花簇成一团，粉的白的红的，最多是红的，像是阳光下的一团火，挺漂亮。就是不能碰，一碰叶子臭，花也臭。这花的心，自动拒绝触摸，严守秘密。"罗布回答她。

"这花确实怪，也好看，真的像火在烧着，烧着烧着一个季节就过去了。"莫莫喃喃地说。

今天在这个小庙里，罗布看到壁画，又想了起来。

女神的胸部象征着精神的滋养，成长和转化的力量。画工们对性别特征做了低调处理，以免分散僧众的心神。花朵们展开了艳丽的生殖器，无限妖娆地伸展自己的体味。一两只苍蝇，慢慢吞吞飞舞在花朵之上，晕眩着，马上要倾倒在那花朵的毛茸茸的身体上。花朵的可爱，是以纯粹的肉体代表肉体本身。当女人醒来反抗代表自身觉醒，女人就没有那么可爱了。

罗布看见渐行渐远的莫莫，莫莫原来是很清瘦的姑娘，她的线条可能是硬朗的笨拙的，罗布叹了口气。但你要的还是那么多，一点儿一点儿背着那么多的东西，你会累死的。你体内的天使热爱飞翔和自由，有如此多事物可去探索和体验。你出发去收回那自由和安全的自然感知。

一定有一个地方。但愿没有恨吧。

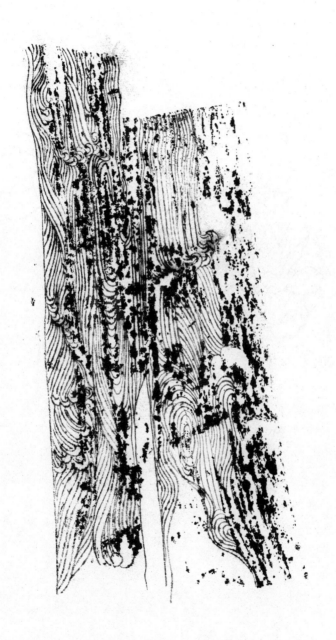

天上的城

一周七天

尼玛星期日

达瓦星期一

米玛星期二

拉巴星期三

普布星期四

巴桑星期五

边巴星期六

达瓦的意思是周一，这个名字男人用得，女人也用得，女人用的话，就写成达娃，其实是一个意思。这个很奇怪，大家一直觉得这是个女孩的名字，可能是受了汉话音译的影响，写出来有个女字旁。其实读的声音是一样的，瓦和娃，其实有很多人也不在乎，瓦和娃的。

达瓦说："我的名字来历很简单，我是星期一生的嘛，所以就叫作星期一，我的父母大约从来就没有为我想过一个特别的名字，给我这一辈子弄点其他的意思。我想我要是星期二生的话，我就叫作星期二了。听说你们的名字讲究得很是吧。"（是讲究很多了，什么金木水火土，命格，地格什么的，说什么从名字里可以看出一个人的命运福祸有钱没钱什么的。）是吧，藏族人讲究的就是请活佛起名字了，那是特别有福气的事情了。我的一个朋友名字叫多吉次旦，我叫他多吉，是菩萨手里的法器，是金刚的意思，次旦是不但长寿而且不生病，这是个很好的名字。有些名字就不好听了，像其朱，是小狗的意思。帕加，那个更不好听了，是猪屎的意思。

　　古巴比伦人说月神掌管星期一，习惯上人们把星期一看成一周的开始，苏美尔人说生活是一棵只有七个分叉的树，我们是树上的猴子，从一个枝丫到另一个枝丫。

　　高寒之地，风大的地方，只长石头和草，草贴着石头缝，长得顽强。草原上没有树，树的骨头太硬，大风吹着骨头到处流浪，牧区有像石头一样慢慢滚着的羊群，羊群顺着风跑，跟天上的云彩一样，牧区只有毛皮和肉食和奶，牧区人不吃蔬菜，羊吃草，人吃羊肉。

　　农区生产青稞粮食，长树，树贴着河滩长，树靠着村子长，青稞地的旁边有水，水的旁边有牛羊，山上有寺庙。

　　农区人和牧区人串串，用皮毛肉换青稞糌粑，青稞酿了酒，糌粑下了肚。

　　林芝地区气候好，山脚跑着云，山上种着树，树下有菌子，路上跑着野猪专门和汽车较劲，河滩上有树，有草坝子有羊和牛，房子周围有青稞地。藏鸡聒噪唱歌热闹跳舞，在草丛里找虫子吃。

人这样活着挺简单，吃土豆。

越过越复杂，越过越复杂。

米玛（周二），大火，化为暴，来势汹汹，色呈赤，为刚强主。又号"杀神"，宜动不宜静。跟着冲动走，生活里没有一点儿煞星都不是活过的人。

周三（拉巴），这一天世界清明。赫密斯杀死乌龟，创造了七弦琴（里拉琴）。偷走阿波罗的牛群。赫密斯用尽了狡辩和抵赖之词去否认，他逞口舌之快。他拿出七弦琴，歌声令在场所有人陶醉，把大家的争论视线来个转移，赫密斯更得到主导权。不要做强行突破的行为，反而去考虑用些诡计、骗局或谋略等方法去解决问题。

普布（周四），雷电之神，他常驾驭着由山羊拉的战车奔驰在天际间，风儿飕飕坦承闪电，车轮滚滚成就雷鸣。拉萨天空雷声隆隆，赶着闪电在云层跑。这个城市，怨妇们的哭声掺和在雨水里，泪水和雨水要掏空一个个人的肝肠，把土弄得盐津津，说我们被生活遗弃了。雨越下越大越下越大，要在今天晚上流干所有的泪水，明天早上好天晴。

昨天星期四，今天星期五，今夜要狂欢，巴桑桑巴。明天星期六，后天星期日，好日子就不要结束了吧。今天星期五，明天是周末，要尖叫要狂欢，来跳舞吧要发光。头晕、胸闷、紧张，提不起精神。甜蜜的梦呀，太光荣了就这样没完没了。

一个人，罗布站在房门口，说一个人，他又说了一遍，一个人。一个人走了。突然他想起这是星期一，这个他不是很在乎的日期，是一个轮回到了起点，画一个圈，他对着空气说。他迅速地放了一首《苍蝇》的歌，轰隆隆声音响了起来。他坐在床边，躺在床上，伸直了两条腿，伸开两只胳膊，把床侵略到四个角，他睡着了。他奇怪地做梦了，他躺在阳光下的荒草丛中，他伸着胳膊和腿，他张着嘴，阳光在他的嘴里出出进进，他听见自己说，我是被阳光喂养的，有这个就够了。我丢弃了我能够想到的东西，我只留下自己，有这个就够了。

次吉请莫莫在机场附近的一家肉夹馍店吃点东西，说这家还好吃，简单吃一点儿，垫垫肚子，飞机上的东西太难吃了。

莫莫说："我要减肥，不吃了多麻烦，你要送我多麻烦，我说了别送了，耽误你的工作弄得很多人不舒服，真的没有必要你非得送我，搞来搞去的多没有意思。我真的什么东西都吃不下，两个小时以后，我

机
场

就到家了，再吃也来得及，真的，现在想起来也不错，回家再吃吧我什么都不想吃要减肥怕胖吃多了裙子就穿不下去了，丑了就没有人想要了。"

次吉说："都怪我不好没有陪你让你这么难过。让你上来，你这么快就走了，也没有往其他地方跑跑。怪不划算的还是听我的话我把你安排在团里，再到处跑跑什么日喀则阿里。可以去的地方多着呢，只待在拉萨也是真的窝着了，这么快地下去可惜了。"

莫莫说："这次真的不去了，下次吧，回家再缓缓就该开学了，马上学校还有假期值班什么的，妈妈天天打电话催我，以为我得了神经病，她天天在电话里说干吗还不回家什么的，出来时间也长了。没完没了的耳朵都起茧子了，我被催烦了，她什么都比我强悍，除了听从我还能干什么。我觉得我一下子就老了，我觉得没意思透了，无聊极了。让我无路可退吧。"

"你回去啦，莫莫。"

"我是一个女人，我没有什么雄心壮志，我想好好有个家，在父母之外有个自己的家，好好过日子。我走了。你不用担心我，你是一个好人。可惜我没有爱上你，对你一点儿感觉都没有。你是一个好人，我要是能够爱上你该多好，也许你会对我很好，不会让我伤心难过。可是现在我真的不想谈朋友了，现在我好累，什么都不想做不想去爱一个人，不想被人爱，只想回家一个人待会儿。次吉有什么话也请你不要说了吧，我不想听。什么都不想听。"

次吉看见莫莫的眼泪溢满了眼眶，莹莹的，一颗滚圆的眼泪流了下来，莫莫低头接过次吉递过来的纸巾，压在眼眶下面，泪水溢湿了纸巾的一角。次吉又递上一张纸巾，拿起莫莫丢在桌子上的废纸巾，揣进了自己的口袋里。

"什么时候的飞机？""大概快了吧，"莫莫慌张抬起了头，说："我走了，去安检了，现在麻烦得很，要早点到，要不然慌里慌张的，安检怕啰唆得很。你赶紧回去你回去不要再陪着我了。"

次吉说："时间应该还够的，我先送你进去，不着急。我帮你拿行李，不要紧，我对机场这块熟悉着呢，有我在你不用担心。"

莫莫有点着急了："我说的不用送，你非得要送，我要走了，不用你担心你就不要担心，你怎么就这么没完没了。我现在很难受，你不要那样让我总觉得欠你什么，这让人受不了。"

一段尴尬沉默后，该说的说了，该做了的做了。这两个人开始不说不做，白晃晃的空气沉默，强烈的阳光炙晒沉默，谁都在等谁受不了了开口说放弃，再见。有一两辆车开过，车尾搅动了热空气，波纹一样漾开，光在无声地颤抖。

"次吉，找个单纯的女人去爱吧。我不是那个人，配不上你的爱。"莫莫真诚地对次吉说。

飞机穿梭在云层之中，湿气温柔地调戏了天空的蓝色。越过云层往下，一点点蓝色在增加灰度，蓝色从清冽到妩媚，直到更多的暧昧模糊了干净，毁灭了棱角，含糊了表情。上升一点儿，蓝色越发决绝，仿佛那儿极深处自有深渊，就会有向相对空间坠落的危险。从丹田提起中气，挺胸平肩，警觉谦虚目光坚定，剑指因幻生幻的虚实。

　　中了毒，觉得来一趟了无痕迹很不错，天要高则至高，风吹过草地，云层在天空翻转。眼泪她，眼泪跑到天上去了。

人如何度过这样艰难的一生？

一个小女子，在冈仁波齐山区流浪的时候遇到了一个想要成佛的行者。一个女子的最大魅力是让一个圣人沉沦，生上一堆孩子，让行者佝偻背脊在尘土上为孩子们寻找粮食，让孩子们生出孙子，在树上跳来跳去。行者有一天抓住空气里的虚无，丢下头发离去和抛弃那个风骚的女人。这个女人，挑唆了虚荣的火，复仇杀戮了过去的爱。憎恨那个男人走过的泥地，镇压不可抑制的思念。拼了命不停轮回找寻，这个饱含爱恨愤怒女人的眼泪是孤星高悬天边，像一颗荷鲁斯之眼，控制了世间痴怨。

虚构的《鬼母击钵图》的原型是《西藏镇魔图》，拉萨平地卧塘湖为女魔心血汇集之处，玛布日山、甲波日山、帕玛日山三山之地为女魔心窍脉络。那画上用金、银、玛瑙、珊瑚、珍珠描绘一个丰满艳丽的女子，纠缠在五千年的救赎路上。这仰卧女子不具足八种吉祥之相，反有八种或五种地煞。

所以男人呀，这吉祥结、妙莲、宝伞、右旋海螺、金刚、胜利幢、宝瓶、金鱼是

鬼母

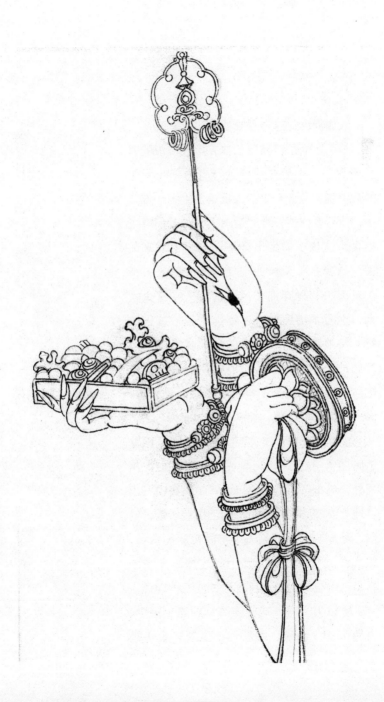

供养也是救赎，给一个女子饰以莲花璎珞，佩以松石玛瑙珊瑚各色宝石。

这世界只有这样大，这领地只为游客开放这么多，其他房门黑铁铸的锁紧闭，禁止参观。站在房顶上，它距离地面有十米，卑微开始歌颂一个古老区域，只有三平方公里。你站在禁地的心脏，心跳蛊惑着墙上的每块石头看上去都在发抖，它们伤心欲绝要离弃这座建筑，跑到大地上去。

Shine 在和一个男人吵架：

"不干了，我不想这样。我爱你，我对你好，你要什么我给什么，我只要你对我好，只要我一个女人。你真的有钱吗，算了吧，跟真正的有钱人比起来算什么，我都不计较的，只是要求你对我好。"

"你这个女人遇上我，全是你自找的。千万不要这么委屈，好像你从来就是这么委屈似的，别以为我不知道，跟那个香港老头的事情，不干不净的婊子。"

"你不是人。"

"我不是人，你在和谁发生什么。玩的时候你快活吧，推卸也不是这样。哭，这世界可能只有眼泪水还干净点，能够洗得清白，变得无辜。真的是哭吗，还是要给我看着，拿眼泪来要挟我，没用的。真要哭，自己找个地方哭去死去，这套对我没用。"

"你见过这种混蛋吗？你见过吗，你见过吗？这世界上的男人都是猪狗不如的东西。这混蛋，这混蛋，怎么能这样对我？我真的不甘心，不甘心。"

"忘了我这个人吧。玩砸一个游戏算什么，从来也不会要了人的命，只要你还活着有一口气，该怎么过还得怎么过。"

"是吧，你说得对，不经过这么些，我怎么能够面对自己，我是得了教训的。可是你怎么能够这样对我？一点儿感情都没有，好像什么都没有发生过一样？"

"你还年轻。我们共谋盛宴。此时落幕，却是最好。你找上我是你的不幸，你的不幸在我之前就有，并不会因为我而改变。"

"是，我是如此年轻，却又如此衰老。谁要是哭，谁就是不可救药。"

乌云笼罩着她，阳光抽取了最后一丝热气后全跑了。这恶心一阵阵上涌，她的耳朵突突地轰鸣，在空中着落不到地面，无物可靠抽搐，没有岸的虚空。

"也许那是一个梦，"她轻声说。一个梦而已。太阳太强烈了。

肉身会化作一道彩虹而去，进入佛教所说的空行净土的无量宫中。

卓玛劝她："你怀上一个孩子吧。"

Shine 擦干眼泪，笑着说："我是什么样的人，要让一个男人这样才皈依我的生活。一个孩子，我不会这样做，最后我和那个人同样被孩子绑架。"

"我解释不了很多事情，也不想解释。我只想把很多事情归结于宿命。命中注定，想逃也逃不了。所以我反而高兴了，去过好每一天。在现世中接纳命运，对命运臣服，才能获得平静。我相信我安念观音的咒子，无知无识，也能解脱恐惧和苦厄。"卓玛带着宽容的微笑慢慢离开 Shine，看着那团愤怒之火在 Shine 的头顶燃烧，那团火给了 Shine 一张绝世闪耀的脸，在城市最远的地方都能看得见。

多年以后，很多人在回忆这个女人的时候，都说这是一个让人骚动不已的女人。在很短的时间里，卓玛看见一点儿火光星子溅爆到了她的身上。她想弹开它，但是那火点像水蛭一样油滑，"倏"地一下就不见了，只是在皮肤上留了一个黑点，用指尖一弹，落在地上。卓玛心里默念了几句度母咒，想来那只是一个妄像，不会有损她内息安宁。她还是有些不安，决定马上回家。

光

有人言之凿凿说，那是一个被风和寂寞养出来的故事，是一个传说而已。

奢侈。大把的光阴，纵容啊。

缅桂的芳香，被蜜蜂采走。天边的彩霞，被云雀带走。

把身体放平，躺着坐着趴着，不躲在树荫下，不待在房子的角落，一大片光明落在罗布的身上，抓痒痒挠般把热情送入虚寒体质。

须释放掉自己那倾向于焦虑、压制和控制的部分。成为你自己，包括你觉得黑暗、怀疑或停滞的部分。你可以画出一个颓废者肖像，他可以帮你区分哪些对你是正确的，而如果你认为某些环境、某些人不符合更高理想时，则撤退。享受道路上的存在性质，享受生活的不断变化趋势。用眼睛、耳朵和触摸来觉察现实。

光不看人下菜碟不因为卑微弱小无钱无购买力没有性别歧视优惠同情 VIP，一斤阳光缺个二两打个折扣提前支付信誉保障暂缓改立即支付。它未见得特别待见谁，也不会忽视谁，有着不讨好任何人的非主流态度。嚷嚷哎呀，在院子里晒天体晒狠了晒伤了，用手指捻出一片灰白半透明的蜕皮，像是从石头缝里用棍子挑出一条蛇皮，小心翼翼童心未泯炫耀那点有闲的财富。总是把无形的关照落在身体的一个遗迹之上。有了一个特别的证明，一堆白肥的肉在天地烘蒸之下皮色金黄，外焦里嫩，油和水跑出来，在平原上跑马飞驰。皮层贴着肉，紧致弹力，才会拥有小麦光泽的健康人生。就像望果节的蓝天下，一片金黄的青稞地，大麦小麦裸麦那熟透了的香味勾搭了多巴胺，没有由来地想在旷野里撒欢和歌唱，播种下所有的希望，所有的水流向大地，哗啦啦歌声喧哗，就为了来年地里长出一颗新的麦苗，万物生长呀，是神迹之中的神迹。在荒原上，人会对着一棵麦苗哭泣，磕谢贫瘠大地的赐予，愿我来生流奶和蜜之地。

自然脱水，烈风呼啦啦吹，让肉回归于肉。没有柔媚弹性毫无做作极度干燥，像一堆柴火，划根火柴点个火机，哗，一大堆火，好大火。阿里老王宫的干尸洞里存着古老的身体见证，肉没有水就是那个样子。有一天，女人会老得只剩下一堆干肉，抽离到干燥极端处，不留任何余地。

是的，那一刻秒杀，罗布上升到一个古老王国惨烈的杀戮传说，那个传说一直被时间和黄沙埋没了，与传说有关的人都不知道去哪里了，因为找不到这些人，那个地方又搬去了一些新的牧民，他对外来的人说：什么？历史？不知道。那是什么。他只对自家的羊群吃饱了肚子感兴趣。喝饱了青稞酒，他睡在自己的梦里，那些梦结结实实，一点儿缝隙都没有留给那些故事。传说被利刃割了的英雄头，它骨碌碌离了脖子，仰望自己，自己头躺在自己的脚下，睁开眼睛微笑看高处流血，那血花四溅跟喷泉一样，好看，汩汩笑到岔气。当血流干的时候，就是想象的，树棍子靠着墙，砂锅里煮着饭，柴膛里烧着火，黑狗多吉在眺望，一脸深情地信仰着骨头。

皮包着肉，肉连着骨头千年，灵魂在笑，飞翔在中阴界。

阳光恩赐，

一切不朽。

以干燥成就不朽，

发点狠劲，杀戮了，也就成全了。

朵玛的藏语词根，有一层意思是抛弃。为什么人要驱魔，驱赶，实在是这东西太讨厌了。惹不起，只好叫它滚，老娘不和你玩了，怎样？

这世界屈死的恶鬼太多，都太过饥渴，传播病毒繁殖强加那么微弱的灵魂，僵尸传播僵尸，凶恶复制着凶恶，为了自卫，大约只能抛弃。

身体发肤受命于父母，不是动刀子割了了事就能解决问题的，只好抽丝一样赶，自己赶不走，就请度母以慈悲之泪软化教育，请喇嘛诵经《度母经》《八千部颂》，请莲花生大师本尊护法神护佑驱赶病魔。实在是自我太弱小了，无能无力，转达于天佑，要不然如何度过这苦暑悲秋？孩子头脑那样昏沉，脸颊烧得通红，宝贝四肢冰凉，热气一点儿一点儿消逝，救他则是。那是骨中之骨，血中之血，怎么不焦虑慌张。Bob Dylan 唱着歌：我并不害怕死亡，我只是害怕离开自己的孩子。

是的，天气变化的时候，看到十字街口，用纸箱装满了一箱子锥形的糌粑朵玛——鲁朵①。这是民俗，其实想想这何尝不是父母对儿孙的一份忧心，那对人力所不及的力量的恐慌，喇嘛卦算念经：

      ……

      嗡，顶礼佛母圣女救度母，

      顶礼度母达瑞勇女，

      度达瑞除一切怖畏，

      度瑞赐予一切愿求，

      虔诚顶礼索哈十字。

      嗡，达瑞，度达瑞，度瑞，索哈……

      ……

      归命最胜诸佛母

      般若波罗蜜多法

      过去未来及现在

      一切诸佛从是生……

      ……

      三世佛——莲花生大士，

      诸成就之尊，大乐尊，

      遣除一切障碍，魔鬼的忿怒降伏者，

---

① 鲁朵：一种用糌粑捏的贡品，在夜晚用纸箱放置于十字街口，用来祛除孩子的疾病。

我祈请您降下您的加持，

清除外、内、密诸障碍，

加持我，使我所求遂愿。……

生活在这片高原，天地的威严大过人的野心：

……

初生日初生月初生年第二日第二月第二年第三日
第三月第三年第四日第四月第四年第五日第五月第五
年第六日第六月第六年第七日第七月第七年第八日第
八月第八年第九日第九月第九年第十日第十月第十年
第十一日第十一月第十一年第十二日第十二月第十二
年……如是诵大明加持已出于城外。以日中时面东以
戌时面西以戌时面向北用戌时面向南于戌时面向于日
中时面西南以戌时面向西方于戌时面向南方以戌时面
向北方以戌时面向南方以戌时面向西方以戌时从于东
方旋转四方……

……

为人的母，所愿儿女不过是大享平安，使母亲得福，孩子
的眼目喜悦母亲的快乐。

泪水啊

　　卓玛拉，漫长空大的黑夜，如果手里能够滴落一颗慈悲温暖的泪水，就能够滋润那干苦的心肠，握住一点儿湿润，就能够走出那片心力交瘁的沙漠。没有愤怒，没有力气去愤怒，只要一滴泪水，就能活了那西去路上的干枯漫长。慈悲度母，万千花蕊端严母，嗡大瑞度大瑞度瑞索哈，泪水生成的女子，大悲救度这怨恨毒蛇死神分离衰弱痛之恐怖。

　　泪水排出过多的无力承担的中枢递质，这也是不寻常的运动，放松情绪和肌肉。原来泪水就是慈悲，化解苦谛那秒杀般的决绝描叙带来的荒凉寂静。

　　有个快乐咒的传说，一直在心里暗流般地执着生长——过去九劫时，极乐世界有无上光照比丘。此比丘领受大慈悲灌顶，而得"观世音"之法号。当观世音蒙五方佛赐予智慧光明大灌顶时，所有前后、上下、周遭的光，都汇合成为观世音之心。而后由此大悲心中，化现度母。此度母尊能救脱一切众生之种种痛苦及烦恼。

　　观想这境界，落下笔，生成意象。应有

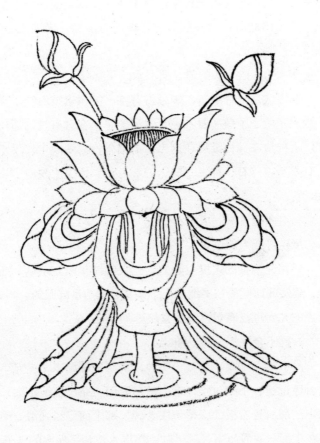

天真，曼妙身姿，让人忘忧的美好和纯洁，此等妙龄慈悲宝相，璎珞珠宝光华供养，天衣重裙，庄严于莲花月轮上布施赠予恩惠接受，乌巴拉花清净无染优雅攀缘：如是与愿印，世依之所说。适才结此者，诸佛满其愿。现逆缘消除，未现逆缘不显，来世得殊胜荣光。

草木的人偿石头的债，把泪水给了它吧。

也许这是个好事情，妒忌占有唯一的执念结石细了碎了成了沙成了尘漂了散了看不见了罢了罢了。在曾有过的那块地上可以再种块庄稼，谁说在这土下的枯骨没有变成土，反正我看到有人平整碎石，种上一畦一畦豌豆苗，嫩生生秧苗子快活地生长着。

有这象征真好。至少不怕了。

风走过死人的坟头。

妈妈说种菜的人挺用心的，死人的坟头没有杂草，细细的土，矮矮的如同倚在菜地的半个馒头，大约是舒服的。妈妈说，死人的儿女也没有想过给他立块碑。

这样不合规矩。妈妈喃喃。

没事的。妈妈。是有一块碑，镌刻着渊源来龙。兄弟，他是否还记得，小的时候，常去的自家田垄路过那道水渠，搭在水上的那块青石板，就是一块老碑，那上面已经光滑如镜，他还在上面一屁股坐下，脱了鞋，在渠水洗沾了泥水的鞋子。

卓玛回忆过去，泪水沾湿了衣襟："我已经跑到了我的儿子那里，其余的都不重要了。为人的妻，为人的母。"

一切众生具备安乐和安乐之因，愿一切众生远离痛苦及痛苦之因，愿一切众生不离于无痛苦之真正安乐，愿一切众生远离亲、疏、爱、憎，住于平等之舍无量。

一定有一个地方。

莫莫的 QQ 空间一直保持着更新：

收拾了一天才感觉家里有那么多瓶瓶罐罐，杂七杂八，此刻终于把卧室收拾得可以入住……从今天开始，我要简化我的人生。从头开始，我要剪掉我的长发，放下也是一种选择。除了减少家里的物件还要简化我的朋友，他说有的人无论我怎样他都会在我需要的时候伸出援手而且从不轻言放弃，那我必须珍惜，无论友情还是爱情；有的人无论我怎么珍惜他都会因随便的一些不满而决绝，那我必须远离。我需要好好爱自己，保护自己，珍惜自己最美的年华，珍惜那些真挚的情感，为自己努力，加油！

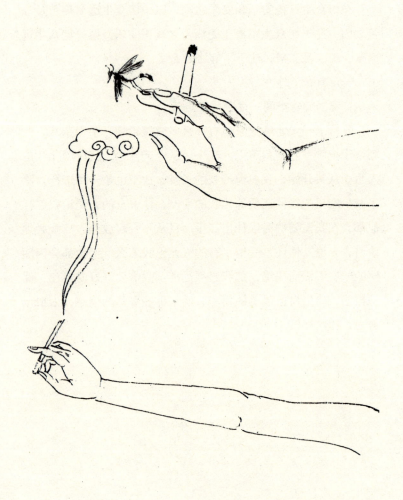

尾声

酥油花

夏季牧场花朵凋谢，十月黄金旅游季节结束得莫名其妙，西藏进入漫长的冰雪世界，游客突然少了，天地一片苍茫，一朵花意义真是美好。各种彩色的颜料曾经是昂贵的，那不是生活必须的美丽要经过层层的研磨，一朵混合红黄蓝绿黑白的酥油花是珍贵的，况且它也是容易消逝的，把最美的颜色在冬天供奉给诸神佛。

酥油花在藏历年来临前的一个月遍开大街小巷，那是比花瓣更加柔然和鲜艳的视觉和触觉。

街面上看到的并不正宗，观感类似面塑，柔软度是有的，但是缺乏了酥油混合颜料的特有光泽度和透明的质感，混合的颜料也有问题，现在里面加入的多是粉质的广告色。都是钱捣的鬼，为了满足广大市民的刚性需求，降低制作成本则是大势所趋。有没有办法确定它到底是什么做的，面粉？糌粑？还是腻子？如果供养神佛，想当然这胃口是极好的，吃嘛嘛香，人在中阴闻香既饱，如果神佛挑嘴，肯定感叹：一代

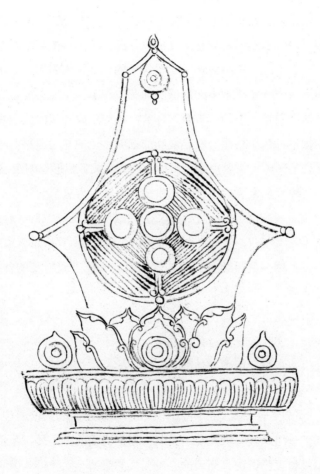

不如一代了。唉。他生气了会跺脚吗，大地震撼；他会流泪吗，给你一阵雹子一阵风雨。

扎骨架，用草麻绳、木棍。灵器，十字捆成的是基本形状，彩线可以绑出菱形吉祥结倒立的风筝等各种图形的结合。做胚胎，现在工匠也在塑泥加用塑料袋子的碎片，加强韧性。黑色的油泥是上一年拆下来的陈旧酥油花掺和草木灰反复捶打完成大致造型。接下来的"敷塑"环节，在加工成膏状的乳白色酥油中揉进各色矿物质颜料，调和成五颜六色的油塑原料，涂塑在做好的形体上，要用金、银粉勾勒，完成各色形象的塑造。

某种颜色重要的不仅仅是审美，而是代表它是温和还是愤怒的，加入三白（酪、乳、酥油）、三甜（蜜糖、饴糖、蜂蜜）和二十五宝瓶药，在供养本尊和怒相神的时候，还会加入红茶、酒、蒜、肉；最后装盘，用铁丝固定在木板上或特制的盆内，算是齐活。

瑞相八宝。这样的供奉有一个专用的名词"朵玛"，意思是摒弃，切开和分撒。朵玛的供奉是用来怀柔增长除障，对神佛的供养是充分考虑到他的个性喜好的，有几百种的图案专属于各色神灵，满足着人的各种精神诉求。

Rain 在近乎漆黑的回廊里旋转，顺着窄而高的楼梯往上。见到了一组"五觉供花"的朵玛，糌粑面团的贡品基座是倒置的骷髅和嘎巴拉碗，撕裂的心脏撕裂的眼睛，砍下的耳朵和手脚。安置在密法菩萨之前的玻璃箱里。她怔怔地看着，想在冬天去一趟印度，待上一段时间。她曾打电话告诉格列，格列伤感地说，他最好的朋友丹巴也离开拉萨了，让他很难过。Rain 叹了口气，什么话也没说，挂断了电话。

香格里拉酒店

拉萨就冬天了。

钱先生，不缺钱。钱先生坐着飞机来到了拉萨。

他带了够用的信用卡。钱先生黑瘦得像财神手里的老鼠。钱先生就是贫穷的钱，至少他是这样想的，什么时候他开始厌倦了他最宝贝的钱，他不太明白。只是有一天他在睡梦中梦见钱变成一条蠕虫在他的心里绞杀，这让他觉得特别恶心。在刷牙的时候，他对着镜子想起这个画面，一阵干呕。他突然觉得人的一辈子应该有了新的阶段，在众生的婆娑世界上他能够混得也就这样了，不可能有新的刺激让他觉得惊喜，所有的面上看得见的成功都让他厌倦，面子上的成功都张着贪婪大嘴，一天不喂就会在耳边轰鸣抱怨。他住在城里一家五星宾馆里，寺庙在山上。他租了辆丰田开到山腰处的庙门，下车买了票走了一截往上的方石路，进了大殿，大殿里供养着强巴佛气势格局宏伟壮观，慈眉居高，见得解脱，供养菩萨时他掏出的是两百块现钞，虔诚奉上，低头合十。那两张粉红色票子在一堆一角五角一块的毛票里格外尊贵娇艳，甚至有些羞涩，气质出众。钱先生是那么虔诚，这是他全心全意的施舍，在交付的那一刹那，他感觉他捕捉到了一点儿异于平常崇高的形而上的情感好像轻轻碰了他一下。美好世界在高处，他必须低矮到尘土里，有钱人都是可怜人，匍匐抵达。

卖票的喇嘛要提防着逃票的驴友，这群年轻人不按常理出牌，以逃票为荣，晒到网上，交流攻略，着实让人厌倦。佛法僧的弟子，他炼就火眼金睛，判断你是一个信徒还是游客，他怎么断定一个游客是出于信仰加持扶助还是猎奇呢？他根据你的肤色，你的衣着，你走路的喘息声，确定你需要门票才能进入这个区域。他们从来不会怀疑判断力的，他们就是判断本身，具有无上的权威。

被判断的人，是有福的人，是被选中的人，是羔羊中的头生羊。不应该怀疑你的钱（门票）是对菩萨的供奉，菩萨心肠也该纳税，个人所得税教育附加费什么的，为众生有情生计返哺，为众生觉得更加幸福。

钱先生是不计较的，他触到尘土的一刻，闻到了一股酥油和香草的味道，那有一股上等起司的油腻气，让他有了饱足感，他认可这条道路。

他的手机在这里高反，接收不到信息，打不通电话，"您所呼叫的用户不在服务区内"。这是一个预兆，那些并非直指向生存需求，可以放下身外之物。再次追随灵魂绽放，他不在乎多付出代价。

　　一个寻找香巴拉的前辈，在入藏前把手机丢到了北京的垃圾桶里，他丢得并不彻底，他没事老说这个事情。对着不同的人说，为了来这里，我连手机都丢了，我要重新开始。有一个乞丐在翻检垃圾箱的时候翻到了它，他很高兴，但是他被发现他没有办法拨打电话，因为手机上锁了。他卖了这个手机，别人以为他是个贼，吓唬他讹诈他说报警让他进局子。他丢下手机跑了，他也没有办法确认自己不是一个贼，这让他更加贫困交加，还因为猛地跑了一段路，口干舌燥，他觉得渴得厉害，他伸手摸到口袋，发现口袋里真的有一瓶没有开封的水，原来在他把手机丢下的时候，他真的随手顺了一瓶。那水悄无声息跟着他，安慰他。

　　入藏前辈抛弃手机信号的强势代表抛弃的决心，他丢的不

是一个手机，更多是手机通讯录里的人，那些人名在白天黑夜追杀他，让他疲于奔命。钱先生没有丢弃手机，他取出信用卡的钱，施舍他的钱，获得进入香格里拉的资粮，他拿出自己最珍贵的东西。他将像苦力一样追寻香巴拉：位于雪山中央的西端，圆形如同莲瓣，周围被雪山环抱，从白雪皑皑的山顶到山脚下的森林，生长着各种鲜花和药草，大小湖泊星罗棋布，青草茂盛，绿树成荫，有许多修行圣地。其中央耸立着富丽堂皇的迦罗波王宫殿，宫殿中央是各种王的寝宫宝座，王们拥有许多大臣和军队，可以乘骑的狮子、大象、骏马无数。这里物产丰富，人民安居乐业，从王臣权贵到庶民百姓都虔信佛法，供奉三宝……他至今没有看到，但是他将看到这样一个秘境为他存在。

当钱先生看到钱可以用来供奉三宝以后，他又看到了看世

界其实是个方法论的问题，他又感受了脚踩在大地上结结实实，地气让他的肩背挺直。他的钱是资粮，在圣城这个城市同样流通和富有魅力。香格里拉牦牛肉火了。朝圣旅人激增百分之二十。香巴拉宫生活在香格里拉，一直重视硬件设施的豪华舒适，向国际迈进。奢侈频道修行房吐蕃房青纱帷幔色彩浓郁犹如皇宫般的布置，给你惊艳梦幻的夜晚……

这些事情，钱先生将一一品尝，然后选择抛弃或者接受，他会一点点接近神的莲花台。有天他就化身变成那幅美丽的用尊贵的永不褪色松石珠宝磨细调胶描绘，有黄金白银装饰的唐卡的一部分，安稳于菩萨的庇佑，享得现世风光无限，或许不朽。

阿底峡尊者熟读三藏，精通法相，智德俱尊，生慈悲心即菩提心，在赴拉萨的途中正在渡过一条河，河水清澈，微微泛着波澜。河对岸的少女遥见尊者，心生仰慕。钱先生心如少女的莲花，心里微微颤抖。他是多么美好干净。

这里花常开，水常清，庄稼总是在等着收割，甜蜜的果子总是挂在枝头，这里遍地是黄金，满山是宝石，随意捡上一块都很珍贵，当然这里不用钱，因为钱没有用。这里的人用意念支配外界的一切，觉得冷，衣衫就会自动增厚，热了又会自然减薄；想吃什么，美食就会飞到面前，饱了，食品便会自动离去。想活多久就可以活多久，只有活腻了，感到长寿之苦，想尝尝死的味道，才会快快活活地死去……

酒吧里。《孤寂行星》的撰稿记者飞高了，也喝醉了。踉跄起身走到罗布跟前：

“Where is the toilet？”

“What？”罗布一脸愚钝。

酒鬼勉强站稳，左手握拳状，置于腹部位置，做前后抽动动作。

Toilet，toilet……哦，呸。

宝石般的日子过去了，宝石般的日子正在进行当中，宝石般的日子快要来了。

一定有一个地方。如你所愿。

图书在版编目（CIP）数据

找个背风向阳的草坡睡个觉 / 张苹著. —上海：上海三联书店，2017.10

ISBN 978-7-5426-5969-9

Ⅰ．①找… Ⅱ．①张… Ⅲ．①长篇小说－中国－当代 Ⅳ．①I247.5

中国版本图书馆CIP数据核字(2017)第174891号

找个背风向阳的草坡睡个觉

著　　者 / 张　苹

责任编辑 / 陈启甸　朱静蔚

特约编辑 / 李书雅　李志卿

装帧设计 / 乔　东　阿　龙　苗庆东　许艳秋

监　　制 / 姚　军

责任校对 / 李书雅

出版发行 / 上海三联书店

　　　　　（201199）中国上海市闵行区都市路4855号2座10楼

邮购电话 / 021-22895557

印　　刷 / 山东临沂新华印刷物流集团有限责任公司

版　　次 / 2017年10月第1版

印　　次 / 2017年10月第1次印刷

开　　本 / 889×1194　1/32

字　　数 / 197 千字

印　　张 / 9.5

书　　号 / ISBN 978-7-5426-5969-9 / I·1251

定　　价 / 48.00元

敬启读者，如发现本书有印装质量问题，请与印刷厂联系0539-2925680。